EN LETTRES **D'ANCRE**

ADA D'ADAMO

DARIA

Traduit de l'italien
par Nathalie BAUER

BERNARD GRASSET
PARIS

L'édition originale de cet ouvrage a été publiée en 2023
par Elliot sous le titre :

COME D'ARIA

Cet ouvrage a été traduit avec le soutien
du Centre National du Livre.

CENTRE
NATIONAL
DU LIVRE

Jaquette : © Alfredo Favi, *Sospensione*.

ISBN 978-2-246-83734-3

Ce livre relate mon histoire et celle de Daria. C'est une histoire vraie, aussi vraie que le sont nos prénoms et ceux de nos proches, petits et grands. Tous les autres sont inventés, y compris ceux des enfants, dont les propos demeurent toutefois authentiques.

A. d'A.

Pour Alfredo,
Large carrure, mains de roc

Gravité

> « Birth is not so much a beginning
> as it is an abrupt change in which suddenly
> there are different factors than those in the womb,
> and there is gravity. »
>
> Steve PAXTON[1]

Tu es Daria. Tu es D'*aria*, D'air. Cet infime écart de lettres te change en substance légère, impalpable. Dans ton prénom se niche un destin qui nie la créature terrestre, car tu n'as jamais connu la force de gravité qui attire au sol. Gravité que tout être connaît dès l'instant où il vient au monde. Gravité que le danseur transforme en art lorsqu'il prend son envol et retourne à la terre pour tomber et se relever une nouvelle fois. Tu ne connais pas la splendeur quotidienne de la station debout, la « petite danse » qui meut chaque individu dans l'immobilité apparente du corps vertical. Tu ne conçois pas le mystère du poids qui passe d'une jambe à l'autre et donne naissance au pas.

Tout autre est la gravité qui te concerne : « État causant des préoccupations ou annonçant un danger. » État qui accompagne invariablement les papiers censés te définir : « handicap grave », « malvoyance sévère », « retard mental profond », « allocation pour enfant gravement handicapé »…

Chaque jour, je souhaite que la terre – la vie sur cette Terre – te soit légère. Et ce vœu est suivi d'actions, car il ne suffit pas d'espérer.

Tu es Daria, tu seras D'air.

Prologue

> « Il est nécessaire de raconter la souffrance pour se soustraire à son empire. »
>
> Rita CHARON[2]

Depuis un certain temps, je ne me souviens plus des choses. J'ai du mal à donner un nom aux gens, à prononcer les mots. « C'est la ménopause », dit ma gynécologue homéopathe.

Ménopause induite, pour plus de précision.

Traitement antihormonal. Entamé il y a près de deux ans.

Cancer métastatique du sein, stade 4.

Carcinome canalaire infiltrant.

Sein droit, quadrant supérieur.

Métastase osseuse sur D6.

Un fort éternuement et… *tac*, la vertèbre dorsale…

Et non, ce n'était pas une contracture. Ni le cours de danse tout juste terminé, ni l'effort pour soulever chaque jour tes vingt petits kilos n'en étaient responsables.

Il m'a fallu du temps pour comprendre. Malgré le compte rendu catégorique du scanner, mon esprit refusait de dérouler l'écheveau qui avait grossi dans ma poitrine et de tirer le fil de la cause à l'effet jusqu'au tissu qui s'était déchiré dans mon dos. Relier la partie antérieure à la partie postérieure de mon corps : voilà ce que je devais faire, simplement. Et je n'en ai pas été capable.

Un

En novembre 2016, tu étais hospitalisée pour une nouvelle opération, la troisième, à l'estomac. J'avais donc sauté l'habituelle échographie du sein. Je comptais y remédier dès mon retour, après avoir repris le rythme régulier de nos journées : maison, école, centre de rééducation… Puis j'avais oublié, alors même que j'avais effectué ces contrôles tous les six mois, alternant échographies et mammographies avec une rigueur de gendarme.

Cette hospitalisation avait été plus longue et plus pénible qu'à l'accoutumée. La valve anti-reflux qu'on avait fabriquée pour toi quelques années plus tôt (oui, c'est le terme dans le jargon médical, comme si le fond de l'estomac était un paquet-cadeau) avait cédé et il était nécessaire de la refaire. Tu souffrais aussi d'une hernie diaphragmatique : il fallait ramener l'estomac à sa place en l'ancrant correctement, de façon à éviter qu'il ne remonte de nouveau (comme la fois précédente) et n'affecte les voies respiratoires.

Tu devais séjourner, après l'opération, dans le service de soins intensifs où nous n'avions pas l'autorisation de passer la nuit. Ainsi Papa et moi avions-nous eu l'étrange liberté de quitter l'hôpital pour aller dîner. Nous avions parcouru en voiture les quelques kilomètres qui nous séparaient d'une petite station balnéaire. Les rues étaient désertes, la seule pizzeria que le concierge de l'hôpital nous avait indiquée (« Dites que vous venez de ma part ») était fermée pour congés. Du reste, on était en novembre, le mois des défunts, le mois mort par excellence pour le tourisme. Nous nous étions repliés sur l'unique établissement ouvert, qui hésitait entre le bar et le pub, fréquenté par quelques clients solitaires, regards aqueux devant une bière ou un verre de Cynar[3].

Ce n'était pas la première fois – et ce ne serait pas la dernière – que nous nous retrouvions face à face, prêts à tout pour quelques heures de sommeil, désireux d'une douche chaude et d'un repas qui n'eût pas la forme d'un sandwich. Malgré tout, les sentiments de culpabilité (« Et dire qu'elle est toute seule en soins intensifs, alors que nous dînons tous les deux dehors ») ne parvenaient pas à remplir totalement nos esprits vides, perdus derrière la vague sensation de liberté qu'engendrait ce tête-à-tête nocturne inespéré, qui brisait une routine quotidienne faite de roulements et de rôles.

Lorsque tu étais dans la salle d'opération ou en soins intensifs, nous n'avions plus aucun droit sur toi, plus voix au chapitre. Quelqu'un d'autre surveillait ton sommeil, ta respiration, tes pleurs. Nous, dehors, nous affrontions l'attente. Nous évaluions les délais – préparation, anesthésie, opération, phase de réveil –, nous nous postions derrière des portes closes, nous interrogions du regard une infirmière de passage. Enfin, tes pleurs à nuls autres pareils ressurgissaient de ces grottes obscures, tel un appel dans les méandres d'une forêt. On se hâtait de nous prévenir. Vite, dépêchez-vous !

Qui de vous entre ? La maman ! Et soudain le hurlement de ta rage mêlée de désespoir semblait me gifler en pleine figure. Tu ne m'as jamais parlé, et pourtant j'avais l'impression d'entendre tes mots : « Maman, pourquoi tu m'as fait ça ? »

Papa restait dehors, à attendre, pour une durée qu'il m'était impossible de quantifier. Parfois, je le voyais surgir à l'improviste près du lit en blouse, coiffe et chaussons, et j'avais du mal à le reconnaître. Il avait corrompu une infirmière avec son audace typiquement napolitaine qui m'embarrassait un peu, mais que j'avais secrètement bénie à plus d'une occasion, à l'hôpital, moi qui avais honte de réclamer quoi que ce fût. Ses grandes mains sur tes yeux bouffis de larmes. « Chérie de papa. Ça va passer… », murmurait-il.

Or cette fois, il nous faudrait patienter tous les deux dehors, jusqu'au lendemain. Papa s'est dirigé à contrecœur vers le bed & breakfast, tandis que, de retour dans le service, je découvrais non sans amertume qu'on avait attribué ta place à un patient venant des urgences. L'absence d'un lit pour toi signifiait l'absence d'un fauteuil inclinable pour moi. « Je regrette, madame, cette nuit vous devrez vous débrouiller comme vous le pourrez », m'annonça l'infirmière-cheffe en m'indiquant la sortie.

Deux

Pendant que je t'attendais, j'ai travaillé avec passion à un livre sur le théâtre et le handicap. Je devais m'occuper de la structure de l'ouvrage, de la révision des textes, du choix des photos dans de vastes archives d'images. Ce livre relatait l'expérience d'un atelier d'intégration auquel participent depuis des années des élèves atteints ou non d'un handicap dans les établissements scolaires de Rome. Durant cette période, je lisais les déclarations des comédiens, les commentaires des familles et des enfants/acteurs ; je composais des séries de photos montrant des visages drôles et ahuris, des regards absents ou fous, des gestes infimes suivis d'actions abracadabrantes. L'obstination des animateurs et les élans des participants me paraissaient convaincants, ils me touchaient aussi.

Toutefois un sentiment d'extranéité et de distance perdurait en moi : « J'attends une petite fille en bonne santé, me disais-je. Tout cela ne me concernera jamais. » La simple conviction de ne pas vouloir d'un enfant invalide (« Je ne saurais pas m'y prendre, je n'en serais jamais capable », me répétais-je avec force) suffisait, pensais-je, à me mettre à l'abri d'une telle éventualité. « Je peux compter sur l'amniocentèse, je peux compter sur l'échographie morphologique : ces examens permettent de tout savoir à l'avance et, le cas échéant, d'opter pour l'avortement thérapeutique. »

Parfois, quand je te regarde, je repense aux visages de ces enfants, à leurs masques quotidiens. Je t'imagine interprétant un jour le rôle de la Petite Sirène dans un fauteuil roulant sur la scène d'un théâtre et moi t'applaudissant dans le parterre. Je me dis que, pendant que j'écrivais, ton regard oblique et rieur surgissait déjà des pages de ce livre. Et que désormais nous appartenons nous aussi à cette grande famille.

Lorsqu'on a un enfant handicapé, on marche à sa place, on voit à sa place, on prend l'ascenseur parce qu'il ne peut pas emprunter l'escalier, on conduit une voiture parce qu'il lui est impossible de monter à bord d'un bus. On devient ses mains et ses yeux, ses jambes et sa bouche. On remplace son cerveau. Et l'on se mue un peu en handicapé pour les autres : un handicapé par procuration.

Telle est, j'en suis certaine, la raison pour laquelle de nombreuses personnes m'appellent par ton prénom. Un lapsus fréquent, un processus d'identification inévitable. Passer des heures et des heures de son existence dans les hôpitaux, dans les centres de rééducation, dans les ASL[4], en compagnie de médecins, d'infirmiers, de kinésithérapeutes et de familles de personnes handicapées ne fait qu'accélérer ce processus de substitution progressive de l'identité. Je ne suis pas moi, je suis « la maman de Daria ». Ou plutôt, je suis « maman », et c'est tout. Chaque fois que je pénètre dans une salle d'hôpital, j'abandonne mon identité et je deviens « maman ». C'est ainsi que nous désignent les infirmières. Pas madame.

Maman. Je ne suis plus une femme, je ne suis plus une personne, je suis un rôle, une « fonction de toi ». Du reste, nous autres mères sommes les premières à nous attribuer ce nom.

« Ça te démange ? Maman va te gratter », dit Tatiana, allongée dans le lit placé en face du tien, à côté du petit Lorenzo, lors d'une interminable nuit de pleurs.

Tu as mal ? Maman va te masser. Tu as chaud ? Maman va t'éventer. Tu as froid ? Maman va te couvrir. Ça te brûle ? Maman va souffler sur ta peau. Tu as sommeil ? Maman va te bercer. Tu ne dors pas ? Maman va te raconter une histoire. Tu pleures ? Maman va te consoler.

Les salles d'attente sont des lieux de rencontre. Mères et enfants, quelquefois pères. Dans les enfants je te vois toute petite, ou je vois une projection de toi ayant grandi, dans un avenir proche. Dans les femmes je me regarde en miroir. Je retrouve en elles des parties de moi-même, preuves de courage et moments de fragilité en égale mesure.

Chez les couples, je scrute les hiérarchies et les rôles, les rapports de force et les dépendances réciproques. Parfois ce que je vois me fait horreur. Femmes déprimées, en surpoids, agrippées à des sachets de chips et des boissons gazeuses, dans d'éternels joggings et chaussures de sport. Femmes aux yeux cernés par les nuits sans sommeil, les bras marqués par les griffures et les morsures de leurs enfants, les cheveux n'ayant pas vu de coiffeur depuis des mois. Ou, à l'opposé, des mères héroïnes : des femmes aux superpouvoirs, maquillées et bien habillées à n'importe quelle heure de la journée, qui ne se trompent jamais, qui ne montrent pas le moindre signe de faiblesse. Et puis des mères tigresses, en permanence fumasses, toujours sur la défensive car « gare à celui qui touche à un cheveu de mon enfant ». Étaient-elles ainsi avant ? Et moi, comment étais-je avant ? Comment suis-je devenue ? Je ne veux pas leur ressembler.

Dans les salles d'attente, les plaies se rouvrent face à la souffrance des autres. Mon chagrin est leur chagrin, une multiplication à la énième puissance. Les premiers temps, je ne le supportais pas. Au début, à l'hôpital de jour, je passais la journée à pleurer derrière une paire de lunettes noires alors que l'enfer défilait devant moi.

Certaines images restent fichées dans ma mémoire.

Une fille dans un fauteuil roulant ne cesse de se mordre la main droite, tandis que sa mère tente de l'en empêcher une, dix, cent fois. L'hématome violacé sur le dos de sa main.

Un gamin hurle à intervalles réguliers. Comme un loup. Qu'est-ce que ça doit faire d'avoir chez soi un loup qui hurle du matin jusqu'au soir ?

Une fillette sourde et aveugle émet des bruits gênants avec sa bouche. J'ai beau savoir que c'est sa stratégie pour s'entendre, je suis horripilée, c'est plus fort que moi. Comment supporter toute la journée ce son désagréable ? Comment réagirais-je si cela m'arrivait ?

Un couple de parents, femme d'environ cinquante ans, mari plus âgé. Une fille adolescente à moitié allongée dans une poussette, un bavoir gigantesque, une Thermos remplie de bouillie mixée. La mère – chaussée d'escarpins à petits talons – alterne cuillerées rapides et nettoyages de bouche tout aussi rapides.

Le père – tignasse complètement blanche – la cajole après le repas en lui prodiguant d'infinies caresses. Distribution des devoirs, jeu d'équilibre qu'un rien peut anéantir. J'ai assisté à ce genre de scènes des dizaines de fois : se disputer pour une manche de pyjama enfilée à l'envers, pour un oreiller mal placé, pour une perfusion effleurée par mégarde. Mille récriminations se pressent contre la fine pellicule du silence, prêtes à jaillir comme un jet de vomi, les nuits blanches servant de détonateur. Notre trio fait face à un trio plus âgé. Je nous vois tous les trois, comme reflétés dans un miroir, à une époque pas si lointaine où nos yeux seront un peu plus éteints qu'aujourd'hui. Comme ceux de petits-talons, tignasse et bouillie, là, devant nous. L'angoisse m'enveloppe, je regarde ton papa et je sais qu'il nous voit, lui aussi, juste devant lui, reflétés dans l'avenir qui nous échoit. Nous nous étreignons, tels deux naufragés condamnés à survivre.

Et puis je me souviens de Morticia et de Bonhomme Michelin, mère et fils. Elle, maigre comme un clou, tout de noir vêtue, les yeux bistrés, la peau très blanche, les cheveux lisses, de jais. Lui, huit ans, la tête rasée, bouffi par la cortisone, assis sur son lit en face du nôtre. Il fait ses devoirs. Il a un cancer au cerveau et, en attendant de mourir, il fait ses devoirs. Il ne joue pas à la PlayStation, il ne pique pas de caprices, il n'écoute pas de musique, il ne se plaint pas. Non, il fait ses devoirs sur son gentil cahier et s'efforce de ne pas déranger.

La nuit, à l'hôpital, il m'est presque impossible de dormir : dans le meilleur des cas, ce sont les malheurs d'autrui qui me tiennent en éveil ; la plupart du temps, c'est toi qui vas mal, qui as besoin de moi. Le jour semble ne jamais arriver. Dans un de ces moments, j'abandonne mon fauteuil inclinable et découvre le Bonhomme Michelin devant moi, dans la pénombre. Assis dans son lit, il fixe sur moi un regard que je ne risque pas d'oublier. Il m'évoque un petit bouddha silencieux, un sphinx impénétrable. Il ne dit rien, il ne bouge pas, ne sourit pas, il s'abstient presque de respirer. Il ne veut pas déranger, il ne veut pas réveiller sa mère, il s'inquiète pour elle.

Son sang-froid, la conscience qu'il a de son état me terrifient. C'est une créature extraterrestre. Avant de quitter l'hôpital, j'embrasse Morticia. Comme elle est différente, vue de près ! Ses yeux sont des eaux claires, transparentes, dans lesquelles on pourrait se noyer, après avoir franchi la rive noire du maquillage outré. Je dis au revoir à son enfant sage, bien élevé et studieux. Je l'imagine s'acheminant déjà vers un autre monde.

23 avril 2012

Dans le parc, je te promène en fauteuil roulant. Une fillette d'environ quatre ans approche, accompagnée de sa mère.
« Qu'est-ce qu'elle a fait ? Elle s'est cognée ? », demande-t-elle.
Sa maman se penche et, avec beaucoup de douceur, lui murmure quelques mots à l'oreille.
Indiquant le fauteuil roulant, l'enfant répond : « Mais ça, c'est pour les gens ! Pas pour une petite fille ! »

Trois

Après le diagnostic, on m'avait prescrit un corset orthopédique pour éviter le risque d'un tassement vertébral. Censée me protéger, cette cuirasse non seulement était une source de gêne, de chaleur et de plaies sur le sternum, causées par ses barres métalliques, mais elle entérinait aussi, sans appel, notre éloignement physique.

Je ne devais pas produire d'effort, surtout pas soulever de poids, raison pour laquelle te prendre dans mes bras m'était interdit. Tu pesais un peu plus de vingt kilos, trois fois rien pour une fillette de onze ans, cependant tu étais grande, tes secousses, les clonies, étaient difficiles à contenir, tu alternais hypotonie et hypertonie, troquant les mouvements désordonnés d'une marionnette contre la pesanteur et l'immobilité d'un sac de sable. Avec toi, il importait d'avoir des bras forts et des jambes agiles, le tout articulé sur un dos de fer. Et de la rapidité pour se dérober à tes coups de poing et tes morsures involontaires. Je savais que tu ne le faisais pas exprès, et pourtant je n'arrivais pas à dissimuler un élan de ressentiment lorsque cela se produisait. Mais gare aux cris ou aux manifestations de souffrance : face à eux, tu boudais, mortifiée, et il me fallait alors te consoler. Deux fois plus d'efforts.

Et voilà que, pour la première fois, un obstacle, un empêchement physique se dressait entre nous, séparant nos deux corps. Quand j'essayais de te tenir sur mes genoux, assise dans un fauteuil, ou quand je priais quelqu'un de t'installer près de moi sur le canapé, je devais veiller à ce que tu ne heurtes pas le métal du corset. Lorsque c'était le cas, tu posais sur moi un regard surpris, peut-être te demandais-tu qui était cette maman embaumée dans des positions raides et statiques. Qu'étaient devenues la chaleur et la douceur de mes étreintes ?

J'ai porté ce corset pendant six mois, le temps qu'ont duré les consultations, les soins, les traitements, un temps passé sur le canapé – je me fatiguais facilement –, qui était devenu mon poste fixe, une sorte de tour de contrôle d'où j'observais : la nounou qui te conduisait à l'école et à la rééducation, papa qui t'accompagnait à l'hôpital de jour. Ta vie se poursuivait, toujours égale en apparence, et je n'en étais plus le moteur. J'étais là, éteinte, comme si l'on avait débranché le câble de mon alimentation.

Les séances quotidiennes de radiothérapie me valaient une telle lassitude que j'étais incapable d'aller vers toi et de t'embrasser, à ton retour de classe. Je ne m'en plaignais pas, soulagée à l'idée d'avoir échappé à la chimio.

Mais ce traitement était invisible et sournois, il ne laissait pas de trace évidente, pas d'hématomes sur les bras ni de calvitie à dissimuler sous un bonnet. Juste une fatigue immense, infinie. Je la sentais s'introduire en moi à travers les petites cibles qu'on avait tatouées sur mon sternum et sur les côtés de mon thorax, points de repère permettant de manœuvrer l'engin au millimètre près, de façon que les radiations puissent toucher avec précision la lésion osseuse. Allongée, la moitié supérieure du corps dénudée, je fermais les yeux durant les quelques minutes d'immobilité qu'imposait le traitement et me concentrais sur les bouches d'aération du plafond, sur les sons émis par la machine, sur ses déplacements autour de mon corps. Je mesurais l'épaisseur de la cloison me séparant de la personne qui, à une distance de sécurité, pressait les boutons de commande du bras mécanique selon une séquence prédéterminée. Cette cloison constituait une frontière entre les individus en bonne santé et les malades, entre les soignants et les soignés. Derrière ce mur, j'avais le sentiment d'être encerclée, vulnérable, profondément seule. La salle d'attente ne m'apportait guère plus de réconfort. J'observais mes compagnons avec détachement. Ils étaient tous plus âgés que moi. Certains, vieux et mal en point, portaient sur eux les signes de maladies anciennes ou de traitements précédents qui n'avaient peut-être pas obtenu l'effet espéré. Les choses seraient-elles différentes pour moi ? Si je m'en sortais, quels signes porterai-je ?

J'avais choisi la tranche horaire du début de matinée, m'obligeant à gagner l'hôpital à pied. Ainsi, tous les jours, je mettais mon réveil à l'aube et, un quart d'heure plus tard, j'étais dehors. Tu dormais encore. Plus tard – assise sur le banc du service de radiologie, un journal à la main –, je recevrais la photo de ton visage ensommeillé et souriant, accompagné du message de la nounou : « Bonjour maman, j'ai très bien dormi. » S'il n'y avait pas de témoin, je répondais par un message vocal. Je savais qu'entendre ma voix t'amusait et je tenais à ce que tu entames ta journée en te rappelant que j'étais encore là, quelque part, pas très loin.

J'aimais parcourir les quelques kilomètres de trajet dans la ville endormie. Les feux clignotaient, de rares voitures s'agrippaient aux dernières occasions de rouler à une vitesse effrénée. Phares et réverbères allumés, pour peu de temps encore. Dans le bar en bas de chez nous, le démarrage du percolateur, le bruit des soucoupes, des tasses et des petites cuillers heurtant le comptoir. Devant l'entrée, un camion rempli d'ouvriers et un véhicule du service de voirie stationnant en double file pour le premier ou le dernier café.

Les rues sentaient l'urine et les ordures. Je longeais les poubelles en résistant à la tentation de suivre du regard la trace sonore d'un bruissement. Les rats me répugnaient, j'essayais d'ignorer leur présence en levant les yeux. Pas trop toutefois, pour éviter de marcher sur une crotte de chien, d'échouer dans une flaque d'urine ou des restes de vomi, de tomber dans un trou. Aux premières heures du jour, Rome apparaissait dans toute sa désolation de latrines.

À l'embouchure du tunnel, je plaquais d'une main mon écharpe sur ma bouche tout en serrant dans l'autre le spray au piment qu'on m'avait offert. Si je n'avais jamais eu peur autrefois, c'était désormais le cas. J'accélérais le pas, jetais un regard circulaire, imaginais des agressions dans l'obscurité du passage, tandis que les voitures filaient avec indifférence. Personne ne s'arrêterait.

Et pourtant, je regardais mon reflet dans cette ville négligée et meurtrie. Tout en la traversant, j'avais l'impression que ma vie se dévidait entièrement devant mes yeux, ce qui arrive, dit-on, juste avant de mourir.

Au cours du trajet, je repensais avec tendresse à la fille que j'avais été trente ans plus tôt, à mes longues tresses blondes, à la jupe bleu marine et au gilet à col de tulle que je portais à mon arrivée à l'école de danse : l'image parfaite de l'élève modèle, pas de maquillage, chignon impeccable, jamais de chewing-gum dans la bouche.

Rome m'avait accueillie dans l'étreinte de l'anonymat et je m'y étais lovée, me dissimulant dans ses replis, enfin libre de me fondre dans la foule de la grande ville. Ici, je n'étais plus « la fille de l'Hôtel Mara », comme on m'appelait jadis, et cela m'apportait un grand soulagement.

J'étais partie juste après le lycée, bien décidée à transformer ma passion pour la danse en projet de vie, même si j'étais incapable d'en imaginer les contours. Catapultée dans ce qui m'apparaissait comme le centre de l'univers, j'avais le sentiment de me trouver enfin au bon endroit, là où tout avait un début et là d'où l'on pouvait éventuellement partir « pour toutes les autres destinations ». C'était du moins ce qui était écrit sur la boîte aux lettres à laquelle je confiais en tremblant mes missives depuis la capitale, après avoir acheté, léché et collé un timbre sur l'enveloppe.

En me dirigeant vers l'hôpital, je sentais ressurgir le souvenir de cet ancien élan de jeunesse, une faible trace à présent ensevelie sous le poids d'un déracinement de trente ans. Trente ans passés à osciller entre le désir de marquer ma différence (« Je veux faire autre chose dans la vie ») et la perte de mon appartenance (« Si tu étais ici, nous aurions pu t'aider, mais tu es partie, débrouille-toi maintenant »).

De même qu'un Métastase[5] âgé écrit dans une lettre « Je suis encore loin du lieu d'où je partis[6] », je veux croire que la nécessité de m'éloigner de mon lieu de départ m'appartient encore. Il s'agit toutefois d'un bilan inutile, puisque ce besoin n'a jamais cessé de lutter contre un sentiment de culpabilité tout aussi tenace. La culpabilité de ceux qui sont partis et ne sont plus revenus.

Après le rendez-vous quotidien de la radiothérapie, je regagnais lentement la maison. La ville, agressée par la circulation, avait changé de visage. Moins d'une heure plus tôt, je me reflétais entre ses fissures, et voilà que son rythme accéléré me paraissait étranger. Vagues d'étudiants jaillissant des tunnels du métro, infirmières et employées poussées hors du tramway, un sac à l'épaule, un autre contenant leur repas au bras.

À huit heures et quart, avant même que tu ne sortes pour aller à l'école, j'étais déjà de retour. Une fois le devoir du traitement accompli, je voyais la journée s'ouvrir devant moi. Il ne me restait plus qu'à me laisser engloutir par sa bouche grande ouverte.

Quatre

Je n'avais jamais vu de nouveau-né de près. Le fait que tu sois si petite me semblait normal. Tu avais une orange à la place de la tête. Et, au lieu de pupilles rondes, deux gouttes noires qui me paraissaient elles aussi normales. Oui, normales. Pourquoi n'aurais-tu pas dû être normale ? En bonne primipare d'un certain âge, j'avais suivi toutes les consignes : analyses de sang périodiques, amniocentèse, échographie morphologique, tout rentrait dans les normes. La nuit du 27 novembre 2005, on t'allongea à côté de moi et on nous conduisit dans le service. Je dormis peu, je m'en souviens, et au lever du jour tu commenças à pleurer. « C'est normal », pensai-je.

J'apprendrais plus tard que tu pleurerais longuement pour crier ta rage d'être venue au monde de travers. Je l'ignorais alors. C'était encore le temps de la joie et de l'émerveillement. C'était un dimanche, un jour parfait pour les visites aux nouvelles mamans : pas d'accouchements programmés, peu de médecins présents, des infirmières plus indulgentes envers les papas et les familles.

Ton papa se présenta, tout comme mes amies les plus chères. Avec des fleurs. Martina affirma que tu étais mignonne. Et que tu étais petite. J'ai toujours senti qu'elle avait deviné quelque chose bien avant moi, mais je n'en ai eu la confirmation que quelques années plus tard, quand elle m'a avoué avoir appelé Francesca à sa sortie de l'hôpital, sur le parking : « Il y a quelque chose qui cloche », lui avait-elle annoncé.

Certes, comparée au petit veau qui occupait le berceau voisin, tu étais vraiment minuscule. Je m'en rendis compte au cours des heures suivantes, à la fin des visites, une fois en tête à tête avec ma compagne de chambre. Le géant tétait avidement sa mère : deux seins énormes que la jeune femme me montrait avec orgueil, dans leur nudité, en répétant en boucle : « Regarde, regarde, je ruisselle de lait ! » Et, de fait, le liquide jaillissait spontanément de ses mamelons, imprégnant les coussinets de protection de son soutien-gorge et mouillant sa chemise de nuit. Elle en était fière : cela prouvait sans équivoque possible sa force vitale de mère. Mes seins, en revanche, étaient menus et vides, du moins le croyais-je. Tu criais et cette jeune mère me regardait d'un air réprobateur : il fallait que je te mette au sein, il fallait que je change ta couche, suggérait-elle dans sa barbe. Il n'y avait pas l'ombre d'une infirmière. Je me sentais seule et abandonnée. Le petit veau à grosse tête buvait goulûment son lait, tandis que je vivais ma première nuit de mère dans un état de suspension et d'attente qui annonçait la tempête.

Le lendemain matin, on nous appela à l'infirmerie pour la consultation pédiatrique de routine. Le médecin de service mesura la circonférence de ton crâne, 31 centimètres, et prescrivit une échographie cérébrale. Elle expliqua que la tête des nouveau-nés adopte parfois une forme anormale en raison de leur passage traumatique à travers le col de l'utérus et que tout rentre dans l'ordre au fil des heures. Après l'échographie, la pédiatre vint dans la chambre et s'approcha de mon lit. L'examen – dit-elle – avait révélé une « agénésie du corps calleux ». J'ignorais totalement ce que cela signifiait. Elle m'expliqua que le corps calleux est un tissu qui unit les deux hémisphères du cerveau et que tu en étais dépourvue. Dans ces cas, ajouta-t-elle, l'enfant peut présenter un retard plus ou moins important, léger ou sévère. Mais elle affirma également que certains adultes privés de corps calleux menaient une vie absolument normale. Une IRM déterminerait bientôt si ce problème était isolé ou associé à d'autres anomalies.

« Analgésie » du corps calleux. Non, non… « anagésie » du corps calleux. Mince, je n'arrivais pas à mémoriser ce maudit mot.

Je téléphonai à ton papa, qui avait entretemps regagné Naples, je téléphonai à ta grand-mère, qui était déjà en route pour l'hôpital. Ton grand-père et ta tante l'avaient retrouvée à Rome, amenant, pour me faire une surprise, tes cousines. Il fallait fêter l'heureux événement. Quand ils entrèrent dans la chambre, je les accueillis en larmes : j'étais bouleversée par la nouvelle tout juste reçue, mais je devais me retenir pour éviter d'effrayer les petites. Ta grand-mère et ta tante me demandèrent si je t'avais mise au sein. Je répondis que j'avais essayé et que c'était trop douloureux. Elles déclarèrent qu'il était nécessaire d'effectuer une nouvelle tentative, te placèrent de force dans mes bras et t'ouvrirent la bouche. J'ai le souvenir d'un acte d'une violence inouïe. La douleur, le déchirement. Quelque chose s'était peut-être produit dans mon cerveau : une sensation d'extranéité envers toi. Il était impossible que je t'aie engendrée, impossible que tu sois le sang de mon sang. Et pourtant, tu l'étais : ta bouche suspendue à mon mamelon et ma souffrance le prouvaient.

Entre-temps, j'avais essayé de joindre au téléphone le gynécologue qui avait suivi ma grossesse : il avait travaillé dans cet hôpital, c'était lui qui m'avait conseillé d'y accoucher.

Je lui communiquai ce premier et partiel diagnostic, le priai de s'informer auprès de ses confrères du service, le suppliai de me rappeler pour me donner des nouvelles. J'espérais secrètement qu'il me rassurerait, or sa réaction fut des plus froides. Il ne me rappela ni ce jour-là ni par la suite. La Grande Dérobade avait débuté, à mon insu. Je n'avais pas saisi la pitié que trahissait le ton d'une infirmière qui avait répondu à demi-mot à ma demande d'éclaircissements à propos de l'échographie cérébrale : « Ce sont des examens qu'on fait, surtout quand les bébés sont aussi petits... » Petite, petite Daria. Deux jours plus tard, on t'hospitalisa en Soins intensifs néonatals, non du fait de ton poids insuffisant, comme les prématurés qui occupaient les couveuses de ce service, mais pour effectuer « tous les contrôles nécessaires ». EEG, ECG, PEV, ERG... Il me faudrait m'habituer rapidement aux sigles du langage médical.

Pour te voir et t'allaiter je quittais le service de maternité et parcourais les couloirs, où mes camarades des séances de préparation à l'accouchement, assises sur des bancs, échangeaient des impressions concernant les premiers moments de vie de leurs enfants. Elles étaient fatiguées, mais détendues. Au début, elles me saluaient en souriant, puis, lorsqu'elles apprirent que tu avais été hospitalisée en SIN, elles commencèrent à baisser les yeux à mon passage. Les rangs de la Grande Dérobade grossissaient…

On me changea aussi de chambre, me donnant un lit un peu plus à l'écart, loin de la nursery où désormais tu n'avais plus droit de cité. Tu avais été déclassée, et moi avec toi. Toutefois cela n'empêcha pas l'hôpital d'attribuer le lit voisin du mien à une femme en travail. Quand, à ses questions insistantes sur l'accouchement, je répondis que tu étais née avec un problème au cerveau, elle cessa de m'interroger et se concentra sur ses contractions. Je l'enviai, elle avait encore de bonnes chances pour que les choses lui soient plus favorables qu'elles ne l'avaient été pour moi.

De ces tout premiers jours, j'ai de vagues souvenirs, essentiellement des images : ma robe de chambre en soie trop légère pour le froid de novembre, les regards stupéfaits de mes amis, la douleur des points de suture qui m'empêchait de dormir, le rugissement des pensées qui se pressaient dans mon esprit.

J'ai une vision de ma personne, spectatrice observant une scène d'en haut à travers une caméra de surveillance. De toute évidence, ce qui m'arrive est insupportable, je ne parviens pas à rester dans ce corps. Je me vois debout dans le couloir. Je regarde à travers la fenêtre. En bas dans la cour obscure, un chat cherche un abri contre la pluie. Il est trempé, transi de froid, effrayé. Une bête seule dans la tempête… Ce chat, c'est moi.

Cinq

Depuis quelque temps, chaque fois que je m'approche pour t'effleurer d'un baiser ou d'une caresse, tu essaies de me mordre. C'est un réflexe musculaire que tu as depuis toujours et qui a fait plusieurs victimes au fil des ans, par chance exclusivement en famille. Mais la situation est différente aujourd'hui, j'ai l'impression que cela cache quelque chose d'autre. La première pensée qui me vient à l'esprit, c'est que tu m'en veux, que tu as décidé de me punir. Je ne saurai jamais s'il en est vraiment ainsi, et c'est un des nombreux aspects de ta personne que j'ai du mal à accepter.

Tu vas avoir quatorze ans, tes formes s'arrondissent de jour en jour sous mes yeux incrédules. Tu étais une enfant et tu as maintenant l'apparence d'une jeune fille. Je me demande comment tu vis la transformation de ton corps, si tu en souffres, si ces mamelons incroyablement gonflés qui ont surgi sont douloureux. Je me demande si tu as conscience de cette croissance partielle, de ce paradoxe : tu te mues en femme, tu te rapproches de la puberté, tu as pris du poids et tes jambes se sont allongées. Toutefois ces kilos supplémentaires ne s'accompagnent ni d'un développement intellectuel, ni de l'acquisition d'une certaine autonomie. La dimension de tes couches a changé, il est désormais difficile de te laver, et pas seulement à cause de mes maigres forces. La nécessité d'un lève-personne se fraie un chemin dans mon esprit et je commence à me familiariser avec l'idée d'accueillir chez nous un horrible engin de plus.

Il en est allé ainsi pour toutes les aides qui ont dû trouver un espace dans ma tête, avant de se doter d'un espace effectif. Peu à peu, sont entrés chez nous les divers systèmes de positionnement, puis le fauteuil roulant, le verticalisateur pour te mettre en position debout, le fauteuil pour la douche, le siège pour le bain, qu'on désigne en jargon sous le terme de « pratique ». L'irruption de ces équipements dans nos vies a d'abord eu à franchir l'obstacle de l'acceptation, y compris lorsqu'ils n'étaient pas de grande dimension : ça a été le cas des orthèses, du corset, de la GEP, ce « bouton » qui ferme la sonde à travers laquelle nous pouvons t'alimenter et t'hydrater en accédant directement à ton estomac. Chaque nouvel appareil est une admission de ton incapacité, il souligne tout ce que tu ne peux ou ne sais pas faire, tout ce pour quoi tu auras toujours besoin d'assistance. Chaque fois, c'est un coup, j'encaisse la défaite et j'avance.

Quand tu étais petite – et tu as été petite beaucoup plus longtemps que les autres enfants –, notre relation était essentiellement physique. Le contact était au centre de tout : peau à effleurer, larmes à essuyer, ventre à masser, pieds à réchauffer, doigts à détendre, cheveux à caresser… Ton corps parlait, mon corps s'efforçait de sentir ce que le tien tentait de lui dire. Que de frustrations, d'échecs, de symptômes éprouvés par moi-même – les sens grand ouverts –, comme si tu me les transmettais par osmose : mal de ventre, insomnie, secousses, en une symbiose absolue, à la fois mystérieuse et charnelle ! Aujourd'hui encore, lorsque tu bouges ou esquisses une plainte dans ta chambre, je t'entends dans le salon, malgré les voix et la télé, je t'entends avant même que tu n'émettes un son, dans une anticipation constante de tes besoins. « C'est Daria ! », dis-je à papa. « Mais comment fais-tu ? Moi je n'entends rien », répond-il invariablement.

Maintenant que tu as grandi et que je suis tombée malade, l'encastrement de nos corps n'est plus possible. Après avoir passé tant de nuits à te bercer dans mes bras en arpentant le couloir, ou au lit, toi allongée sur moi (ventre contre ventre) ou à côté de moi (ta lourde tête sur mon épaule), j'ai la nostalgie de cette intimité totale : souffle, odeur, salive et mucus, transpiration, cheveux collés.

Chaque maladie brise un équilibre. C'est arrivé avant tout en moi et puis, inévitablement, dans notre relation.

Qu'est-ce qui a changé au moment où mon nom est apparu sur les comptes rendus médicaux à la place du tien ?

Un fait divers dans le journal attire mon attention : un père qui s'est occupé pendant trente-sept ans de sa fille handicapée se suicide en se défenestrant du huitième étage après avoir appris qu'il est atteint de la maladie de Parkinson. Une existence entière consacrée à autrui se brise violemment face à la peur de ne pas réussir à prendre soin de soi pour continuer de prendre soin de l'être aimé.

Puisque le diagnostic du cancer m'a donné droit de cité dans le pays des malades où, à travers toi, je n'avais été jusqu'à présent que citoyenne honoraire, comment gérer mon entrée dans le « côté nocturne de la vie[7] » ?

Si je voulais guérir, tu ne pouvais plus être mon centre, je devais me déplacer, me repositionner ailleurs. Pour survivre, il me fallait trouver mon propre centre, le soin de ma personne. Mais comment ? Et à quel prix ? Ne courais-je pas le risque de m'éloigner de toi ?

J'ai vécu désorientée pendant des mois, orpheline de notre complicité, incapable de combler la distance qui semblait augmenter de jour en jour entre nous. L'adhésion de ton corps entier au mien n'était plus possible et cela m'a d'abord effrayée, me laissant égarée, privée de ta personne.

Néanmoins il s'est agi également d'un passage obligatoire, d'un changement qui m'a contrainte à reformuler notre relation. Recommencer du début, élaborer une nouvelle stratégie pour communiquer avec toi.

Sur mon bureau trônait le presse-papiers bleu en forme de cœur comportant la marque jaune de ta menotte que tu y avais imprimée à l'époque de la crèche. Ta petitesse enfermée dans un cœur d'argile, telle une trace archéologique, une empreinte pétrifiée dans le temps.

Six

« Il faut que vous sortiez maintenant, madame. Vous ne pouvez que vous asseoir là et attendre. » L'anesthésiste est un homme de grande taille, élégant, aux cheveux blancs. Son ton est paisible, mais décidé, autoritaire. Tu n'as que trois jours, tout petit bébé enveloppé dans des linges et déposé dans le cylindre métallique de l'IRM. Allongée là, immobile, tu dors. « Le Valium, ce n'est pas de l'eau... », commente le médecin. Je suis seule, au sous-sol de l'hôpital. Je ne peux que suivre les indications. Attendre que la mangeoire scanne ton cerveau et crache sa sentence : « Malformation du type holoprosencéphalie (HPE) semi-lobaire, comme le montrent la fusion des lobes frontaux, l'aspect extrêmement rudimentaire du système ventriculaire et l'agénésie partielle du corps calleux, dont on discerne uniquement l'ébauche du muscle splénius de la tête ; on signale aussi une hypoplasie du chiasma optique, des nerfs optiques et du cortex olfactif. »

Voilà ce que dit le compte rendu, qui ouvre la voie à une semaine de contrôles supplémentaires : consultation neurologique, consultation ophtalmologique, échocardiographie, électrocardiogramme, échographie rénale, PEATC. Il faut vérifier le fonctionnement des organes principaux, déterminer si et en quelle mesure tu vois et entends, évaluer ta posture et le tonus axial.

Mon séjour à l'hôpital est terminé, mais je continue d'y passer mes journées, t'accompagnant de service en service pour effectuer les examens tandis que, aux heures autorisées, je me rends dans l'USIN pour t'allaiter. Docile, j'assimile la routine qui consiste à enfiler une blouse, un masque, des chaussons. J'apprends également à tirer mon lait, sans grand résultat. Mes seins refusent de te nourrir. Les infirmières ne m'apportent guère de réconfort, les médecins se bornent à émettre leurs bulletins quotidiens sans qu'il soit possible de dessiner le tableau général de la situation. Personne ne me livre la moindre explication, personne ne prononce le moindre mot de consolation. Seulement des ordres et des protocoles qu'il importe d'apprendre à la hâte. Horaires d'entrée et de sortie à mémoriser, méthode pour stériliser le tire-lait après usage, enregistrement de la double pesée...

Quelques amies viennent te voir aux heures de visite. Je te soulève de ton berceau et te montre à travers la vitre sans la moindre fierté maternelle. Le soir, m'attend à la maison ta grand-mère, qui s'attarde à Rome quelques jours. Il faut encore tirer mon lait pour stimuler ces seins qui semblent avoir perdu tout élan de vie. Je suis fatiguée, physiquement éprouvée par les séquelles de l'accouchement, totalement privée d'énergie. Mamie essaie de me remonter le moral comme elle peut, elle m'invite à garder mon calme, me dit que nous verrons, que ce n'est peut-être pas si grave, or de toute évidence elle ne sait pas à quel saint se vouer, elle a reçu un coup de massue sur la tête.

Au bout d'une semaine, le téléphone continue de sonner, mais Claudia et Roberta, mes chères amies, ont informé les autres pour m'éviter, au moins, le tourment des félicitations. Professionnelles de l'organisation, elles prennent en main la situation, s'organisent pour m'accompagner à tour de rôle à l'hôpital en voiture et patientent de longues heures dans la salle d'attente pendant que je te suis au fil des examens programmés. Les semaines suivantes, lorsque tu commenceras à manifester par des pleurs incessants toute ta difficulté d'être au monde, elles joueront encore un rôle important en passant de temps en temps la nuit sur le canapé du salon et en te soustrayant à mes bras pour me permettre de dormir au moins une heure. Le souvenir de ces tentatives m'attendrit : elles pensaicnt que la fougue du cœur et un élan de volonté réussiraient à calmer des pleurs qui nécessitaient de tout autres remèdes.

Je me rappelle Mario, assis à la table d'un bar devant l'hôpital. On vient de me communiquer le résultat du PEATC, et il semble que ton ouïe soit normale. Il s'efforce de m'exposer les avantages de cette nouvelle : au moins, tu ne vivras pas isolée dans le silence. J'apprécie ses efforts, néanmoins je n'arrive pas à éprouver le moindre soulagement.

Le terme holoprosencéphalie entre rapidement dans notre vocabulaire quotidien. Internet nous fournit les premières informations : pourcentages, statistiques, données concernant survie, âges et perspectives de vie, niveau de gravité des complications associées. Mais la vue des images est insoutenable. Dans les cas les plus graves, les fœtus présentent d'horribles malformations du visage : fente labio-palatine, cyclopie… Plusieurs mois seront nécessaires avant que le Web ne se transforme en instrument permettant de comprendre. Et de combler le vide laissé par les silences et les sarcasmes des médecins, auxquels je me hasarde craintivement à demander des nouvelles : « Docteur, cette petite tête restera-t-elle toujours aussi minuscule ? », dis-je, sans mesurer la bêtise de ma question. « Madame, si j'étais vous, je m'inquiéterais surtout du genre de vie que votre fille pourra avoir, si elle parviendra un jour à marcher… »

Idiote, idiote. Quelle imbécile, quelle crétine ! La vérité, c'est que je ne suis absolument pas prête à accomplir le devoir qui m'attend. Et pourtant, le jour du retour à la maison est arrivé.

Bien qu'il me tarde de quitter l'hôpital, je vis cette sortie comme un véritable saut dans le vide. Après ta sortie, ton papa et moi poursuivons dans les couloirs la pédiatre qui a signé le premier diagnostic funeste. De tous les médecins, elle nous a paru la plus disponible et nous nous agrippons à cette éclaboussure d'humanité, avides de suggestions, d'indications, d'explications. Chargés de bagages, te traînant dans le landau encombrant que nous avons hérité de ta tante (qui sera les jours suivants rebaptisé « le Potemkine »), nous cherchons la pédiatre de bureau en bureau, notons les numéros de téléphone de son cabinet privé et de son domicile, ainsi que les heures de consultation. Je calcule mentalement le trajet qui mène à cette adresse : elle est très éloignée de chez nous et je suis très maladroite au volant. Cette seule pensée me terrifie.

D'après la pédiatre, je dois te considérer, les premiers mois, comme une nouveau-née ordinaire : une phrase rassurante et apparemment inoffensive, banale, d'une superficialité que je ne cesserai jamais de remâcher. Comment peut-on dire une chose aussi erronée à la mère d'un enfant affecté d'une malformation cérébrale ? Comment peut-on profiter de son autorité de médecin et, ce faisant, instiller chez la mère la graine d'un sentiment de culpabilité qui, les jours suivants, poussera telle une mauvaise herbe dans sa poitrine au point de l'étouffer ? Quand – très vite – commenceront les pleurs et les cris, les nuits interminables, les longues heures passées à arpenter le couloir, cette mère pensera que c'est normal, que tous les nourrissons pleurent, elle se reprochera de ne pas être assez patiente, imaginera que c'est elle qui n'est pas adaptée. Pourquoi ne pas prononcer, à cette occasion, au moins un mot sur l'éventualité de crises épileptiques, de reflux gastro-œsophagiens, d'insomnies… ne serait-ce que quelques-unes des nombreuses pathologies liées à l'HPE ? Cela aurait peut-être été utile, cela nous aurait peut-être évité des mois d'un enfer quotidien qu'il est impossible de décrire par des mots. Non, je ne suis pas capable de dire cette souffrance-là et je n'ose même pas songer à la tienne. Seule me sauve l'illusion que tu n'en conserves pas le souvenir.

26 novembre 2012

Je t'accompagne à l'école après la kinésithérapie.
Il est 13 heures, la cour regorge de cris et de courses d'enfants. Alors que je m'affaire pour ouvrir la plate-forme du monte-escalier qui nous permet d'accéder à l'étage, une fillette de sept ou huit ans s'approche, immédiatement suivie de ses camarades, intriguées par ce mystérieux équipement.
Je presse le bouton et la plate-forme s'élève.
« Elle vole ! », s'exclame une fillette.
« Elle vole ! Elle vole ! », crie en chœur le petit groupe avant de s'égailler.
Une seule fillette s'attarde, fixant sur moi un regard abasourdi.
Elle commente tout haut : « C'est incroyable ! »

Je lui réponds : « Tu as vu ? C'est magique !!! » Demain, tu auras sept ans. Bon anniversaire, fille magique.

Sept

Du fait de sa poitrine opulente, peut-être, j'ai toujours imaginé Francesca maman. Et ce avant, bien avant, qu'elle ne le devienne. J'ai toujours pensé qu'elle désirait être mère. J'aimais le croire, cela me rassurait, cela correspondait peut-être à l'idée que j'avais d'elle : un mari, une habitation loin du désordre de la ville, une vie normale que la naissance d'un enfant mènerait à la perfection. « Mais pourquoi ne sautes-tu pas le pas ? », lui avais-je demandé un jour à brûle-pourpoint, avec une légèreté – nous n'étions pas encore très intimes – que son regard transforma à l'instant même en superficialité et en bêtise. Elle me laissa entendre que son mari et elle essayaient, que ce n'était pas simple. Elle s'y employa toutefois avec une douceur dont je lui suis encore reconnaissante, sans me reprocher par son ton l'inopportunité d'une question directe et indélicate, dont elle avait néanmoins saisi la sincérité.

En ce début des années 2000, la vie culturelle de Rome était en effervescence et nous nous bercions toutes deux de l'illusion d'en faire partie. Nous nous étions justement rencontrées et aussitôt appréciées lors d'une des manifestations les plus importantes de l'Été romain[8], à laquelle nous collaborions l'une comme l'autre. J'aimais sa vivacité intellectuelle et son sens pratique de la vie, sa sensibilité et son esprit concret, le tout réuni par des doses massives d'autodérision et un rire contagieux qui secouait ses boucles châtaines.

Quand Francesca fit sa première fausse couche, j'étais en Grèce avec ton papa. C'était en plein mois d'août et, à l'époque, l'Italie entière s'arrêtait pour partir en vacances durant cette période. J'ai le vague souvenir d'un gynécologue en congé, d'une consultation manquée, d'un battement cardiaque soudain absent. Et je me souviens aussi des sentiments de culpabilité que mon état suscitait en moi : hors du monde, heureuse, amoureuse d'un homme très désiré, à des années-lumière de l'idée d'une grossesse. À mes yeux, nos vies se déroulaient sur des plans divergents, et cette absence d'harmonie me mettait étrangement mal à l'aise.

C'est par un message, en revanche, que Francesca m'apprit l'interruption thérapeutique de sa deuxième grossesse. Je ne me rappelle pas exactement son contenu, juste quelques mots, tels que « ma petite fille » et « grave malformation ». J'étais alors enceinte de toi et j'avais maintenant une bonne raison de me sentir coupable : nos destins respectifs de futures mamans avaient avancé bras dessus bras dessous pendant plusieurs mois, et voilà qu'un événement absolument imprévisible venait de nouveau les séparer.

Or, quelques mois plus tard, la roue de la chance tournerait encore et je communiquerais à Francesca une nouvelle qui, d'une façon ou d'une autre, renouerait nos mains. J'étais encore à l'hôpital, je m'en souviens, c'était un moment de grande agitation, Francesca avait peut-être tenté de me joindre, mais je n'avais pas réussi à lui parler. Enfin, un soir, j'avais trouvé quelques minutes pour la rappeler, je m'étais enfermée dans les toilettes, je ne voulais pas qu'on m'entende. J'avais prononcé à grand-peine ce mot encore nouveau pour moi, « holoprosencéphalie ». Je ne pouvais certes pas imaginer que mon amie le connaissait, qu'elle l'avait probablement ressassé au cours des deux derniers mois, qu'elle avait cherché sa signification peu avant moi sur Internet et que le Web lui avait livré ses braves statistiques, son répertoire d'horreurs. Il y eut à l'autre bout du fil un soubresaut, une sorte de hoquet étouffé, à travers lequel Francesca prononça mon prénom comme une invocation et expliqua non sans mal que telle était justement la « grave malformation » qui l'avait décidée à empêcher la naissance de « sa petite fille ». Un cas sur dix mille. Deux amies sur deux. Bianca + Daria[9].

Huit

« Cher M. Augias[10],

Un « excellent » médecin n'a pas été capable de lire sur une échographie que ma fille naîtrait avec une grave malformation cérébrale. Aujourd'hui, mon enfant, qui a un peu plus de deux ans, est polyhandicapée, invalide à cent pour cent. Dans les services de neuropsychiatric infantilc et les centres de rééducation que je fréquente, je vois chaque jour des dizaines d'enfants prématurés. Ils sont en général aveugles ou malvoyants, comme la majorité des enfants nés avant terme. Mais leur déficience visuelle s'accompagne toujours, ou presque, d'autres lésions cérébrales ou motrices irréversibles. Au cours de ces deux années, j'ai rencontré des familles brisées, des unions détruites, des femmes profondément déprimées. Tout le monde ne possède pas la force physique, les ressources psychologiques, les moyens financiers et la culture nécessaires pour se battre contre une bureaucratie implacable, contre la cruauté de certains médecins et la grossièreté dominante, la solitude, la fatigue et, enfin, contre soi-même et sa propre inaptitude. C'est pour ces personnes, surtout, que je vous écris. Que l'Église, la politique et la médecine cessent de considérer les femmes comme des putains qui brûlent de tuer leurs propres enfants. L'avortement est un choix douloureux pour celles qui y ont recours, mais c'est un choix et il doit être garanti. Ma merveilleuse fille imparfaite a beau avoir chamboulé ma vie, je l'adore. Toutefois si j'avais pu choisir, ce jour-là, j'aurais choisi l'avortement thérapeutique. Je demande aux médecins qui veulent réanimer les fœtus sans le consentement de leurs mères de quitter les services de soins intensifs et d'aller voir de leurs propres yeux ce que sont devenus ces enfants et à quel éternel présent ils ont condamné ces mères. »

Cette lettre[11], publiée dans *La Repubblica* en février 2008, a jailli de ma poitrine comme un cri. La polémique autour de la loi 194[12] s'était ravivée depuis un certain temps, les opposants à l'avortement étaient repartis à la charge avec leurs batailles pour la vie et, à la télévision, se succédaient débats, déclarations et proclamations.

Durant cette période, j'ai lu – d'une traite – un beau livre de Valeria Parrella, *Le Temps suspendu*[13]. Son sujet – la naissance d'une enfant affectée de problèmes – me touchait de près, et j'avais été frappée par la capacité de l'autrice à transformer en matériau littéraire une histoire liée, je le savais, à son vécu. Son écriture traduisait parfaitement le sentiment d'impuissance, l'état de suspension et d'incertitude, la vacuité du mot « avenir » : sentiments qui m'appartenaient tous profondément. La compréhension et la mesure de ses mots, si éloignés du brouhaha désordonné et agressif que diffusaient les médias, avaient provoqué en moi une sorte de court-circuit. Après avoir terminé cette lecture, je m'en souviens, je m'assis à mon ordinateur et jetai sur le papier ces quelques lignes, que j'envoyai par mail. Il ne s'agissait pas d'un acte de courage, je ne voulais rien prouver à personne. Tout simplement, je ne supportais plus d'entendre prononcer le mot « vie » à tort et à travers : il évoquait une bannière, un drapeau à agiter, alors qu'il était un linceul enveloppant le corps des femmes comme une condamnation. Les mouvements « pro-vie », la « sauvegarde de la vie ». Serais-je, moi, pour la mort ? me demandais-je. Surtout, de quelle vie parle-t-on ? De la mienne ? De la tienne ? Et comment est ma vie ? Et toi, quelle vie mènes-tu ? Quelles sont les souffrances qui t'attendent ? Qui peut décréter qu'une vie vaut, ou non, la peine d'être vécue ? Interrogations, doutes. Aucune certitude. Juste le besoin – y compris dans ma condition, ou plutôt en vertu de ma condition de maman d'une fille venue au monde – de revendiquer pour toutes les femmes le droit au choix, quel qu'il soit.

Je voulais briser la division entre bonnes et mauvaises mères. Je refusais de me plier à l'hypocrisie en m'incluant sans aucun mérite dans le nombre des femmes qui avaient empoigné leur croix et qu'on citait comme des exemples de vertu. Moi, j'aurais préféré ne pas poser de croix sur mes épaules ; quant à la vertu, je ne l'avais pas choisie. Je n'avais pas l'impression, je n'aurais jamais l'impression, d'être une « mère courage », et je savais que seul un diagnostic prénatal erroné me séparait du troupeau des femmes dites égoïstes, ignobles, meurtrières. Pour le meilleur, pour le pire, ma vie sans toi aurait été différente. J'écrivis que j'aurais aimé avoir le choix. Cette affirmation non théorique, prononcée en présence d'une créature vivante, se révéla intolérable aux yeux de certains.

Ce soir-là, Emma Bonino[14] lut mon témoignage au cours d'une émission télévisée ; bientôt, plusieurs animateurs de radio et de télévision me proposèrent d'intervenir lors de leurs émissions, tandis que ma boîte mail se remplissait de lettres de soutien, pour la plupart de parents d'enfants handicapés qui avaient reconnu dans mes mots l'enchevêtrement d'amour et de désespoir qui était le leur.

Mais sur le Web, où « la lettre d'Ada » fut postée, apparurent aussi des attaques. Je m'en rappelle deux. L'auteur de la première, un homme, voyait dans ma lettre un faux, une invention des féministes, destinée à défendre l'avortement à tout prix. La seconde provenait d'une femme qui avait du mal à croire qu'une mère puisse écrire de telles choses au sujet de sa fille. Puisque je l'avais fait, concluait-elle, je devais vraiment être « sans vergogne ». Ces commentaires me blessèrent tant que je me retirai du débat politique et médiatique avant même d'y avoir participé.

Je regrette infiniment d'avoir perdu, entre deux ordinateurs, les courriels de tous ces pères et mères semblables à moi. J'aurais probablement pu m'agripper à leurs mots dans les nombreux moments difficiles que j'ai traversés auprès de toi ces dernières années. Je me demande comment ils ont vécu, eux, ce qu'ils sont devenus. Je souhaite qu'ils aient résisté, qu'ils aient survécu d'une façon ou d'une autre.

Neuf

« Comment ferez-vous quand vous devrez accoucher ? » On me l'avait répété au moins une centaine de fois en l'espace de neuf mois. Infirmiers, gynécologue, anesthésiste… À chaque occasion, il y avait toujours quelqu'un pour se moquer de ma tendance naturelle à m'évanouir. Du reste, cela n'avait rien de nouveau. Je m'évanouis depuis toujours. Vaccins, dentiste, ongles incarnés, prises de sang, règles douloureuses. Plus d'une fois mes amies m'ont ramassée par terre : au supermarché, à l'avant-première d'un film, à un réveillon du Nouvel An à Berlin. Je me suis évanouie après des consultations gynécologiques et j'ai un malaise chaque fois qu'on évoque les hôpitaux, le sang, les maladies. Je ne me pardonnerai jamais d'avoir, un jour, été contrainte par cette faiblesse de m'allonger sur le lit de l'amie à laquelle j'aurais aimé remonter le moral après une délicate opération chirurgicale… Bref, personne, à commencer par moi-même (à la dernière séance du cours de préparation à l'accouchement, j'avais dû mettre les mains devant mes yeux quand on nous avait montré les images d'une naissance), n'aurait parié sur moi le moindre sou.

Ce matin-là – le 26 novembre 2005 –, je m'étais réveillée en proie à des démangeaisons et, sur le conseil du gynécologue, j'étais allée à l'hôpital effectuer un prélèvement. Ta grand-mère, venue à Rome pour l'occasion, m'accompagnait. En ce début de quarantième semaine, j'avais une tension élevée, et le médecin de service estima qu'il valait mieux m'hospitaliser. Tandis que je t'écris, je m'aperçois que j'ai rarement évoqué les heures qui ont précédé ta naissance. Lorsque les choses se sont précipitées, personne ne m'a interrogée à ce sujet. Je le sais bien, en arrivant, tu as balayé tout ce qui t'a précédée, tels ces événements naturels dont la puissance exceptionnelle finit par redessiner les lieux et les visages des gens qui les ont habités. Il existe un avant et un après. Et ce qui avait existé ne serait-ce que quelques heures plus tôt n'a plus eu d'importance par la suite. Ou a adopté une signification différente.

C'est ainsi que mes souvenirs ont pris place dans ma mémoire selon le dessein préétabli qui devait s'accomplir. Une histoire inéluctable tissée de présages et de prémonitions, de hasards et de coïncidences, ponctuée par une série infinie de « si », de « mais », de « peut-être », et se concluant par la grande question « Pourquoi moi ? », ainsi que son corollaire inévitable : « Qu'est-ce que j'ai fait pour mériter ça ? ».

Les longues heures de ce 26 novembre et de la nuit pluvieuse dans lequel le jour a basculé ne constituent à mes yeux rien d'autre que « l'avant ». La manœuvre violente de la sage-femme dont la main me fouille, ma position accroupie – un animal qui gémit – pour pousser correctement, les excréments et le sang ainsi que les points de suture constituent la souffrance d'avant. On dit souvent qu'on oublie les difficultés de l'accouchement devant la joie de la naissance. Moi, je me rappelle la souffrance. Le destin n'a pas voulu m'accorder la seconde partie du conte de fées. Et en admettant qu'il l'ait fait, je l'ai déjà dit, elle n'a duré que le bref espace d'une nuit : le temps nécessaire pour me conduire vers le cataclysme personnel qui tracerait de nouvelles routes sur la carte de ma vie.

Dix

J'avais huit ans et je fréquentais le cours de danse depuis l'âge de trois ans et demi. Mes parents travaillaient dur à l'hôtel, et la mise en place, en 1970, d'un cours de danse classique à l'école des religieuses franciscaines constitua une solution somme toute indolore pour ne pas avoir à s'occuper de moi au moins deux après-midi par semaine. Le cours s'achevait à 16 heures, et comme mon père était souvent occupé ou, tout simplement, oubliait de venir me chercher, je patientais à l'entrée de l'établissement, assise sur une chaise, après le départ de mes camarades. De temps en temps, une sœur âgée se penchait à la fenêtre du petit local qui servait de loge et je sentais peser sur moi son regard sévère. Elle me plaignait. Seule l'approche de Noël allégeait la tristesse et l'ennui de ces longues attentes : les religieuses installaient alors la crèche. Leur Nativité se composait uniquement du bœuf, de l'âne et de l'Enfant-Jésus. J'étais fascinée par la splendeur solitaire de cette naissance, qui excluait la présence d'un père et d'une mère. L'expression souriante de Jésus – à mes yeux, une sorte de poupon géant au regard ensorcelant et aux lèvres peintes en vermillon – m'enthousiasmait. J'aurais aimé le prendre dans mes bras, chose toutefois interdite. Malgré tout, je m'estimais favorisée par la chance, étant la seule, dans ce hall désert et à moitié obscur, à jouir du privilège qui consistait à regarder l'enfant autant que je le voulais, voire à l'effleurer d'une caresse craintive.

Chez nous, il n'y avait ni musique classique ni livres, à l'exception de la mythique encyclopédie *Quindici*[15] (le volume que je préférais était celui des contes, dont certains dessins me captivaient et me terrifiaient à la fois) et de la *Sélection du Reader's Digest*.

Nous avions en revanche la télévision… et, en 1975, la Rai effectuait des essais techniques de transmission en couleurs.

Ainsi, durant les longs après-midi d'hiver, j'allumais l'appareil après avoir fait mes devoirs et, au lieu de regarder les émissions, improvisais des petits ballets sur les notes d'Albinoni, de Rossini et de Chopin. Je ne m'intéressais pas aux images de fleurs multicolores en train d'éclore qui défilaient sur l'écran : uniquement à la musique – adagios, nocturnes, *Pies voleuses*... Il n'y avait qu'un seul ennui : la voix de femme qui répétait régulièrement « Essais techniques de transmission », interrompant les élans de mes évolutions chorégraphiques.

Puis, un jour, l'une de mes tantes m'offrit un trente-trois tours de musique classique, le premier à pénétrer chez nous. Je me réjouis à l'idée d'avoir un disque rien que pour moi et, surtout, une bande-son digne de mes improvisations. Je le posai sur la platine et attendis en tremblant la fin de l'ouverture pour me lancer dans la danse, or... il s'agissait du *Sacre du printemps* d'Igor Stravinsky[16]. Ce fut pour moi, qui n'y connaissais rien en musique, une brûlante déception. Adieu les arabesques, les pirouettes, les petits pas sur les pointes :

impossible de danser sur cette musique ! J'en ignorais encore le motif, j'éprouvais uniquement une frustration physique que j'étais incapable de m'expliquer. Je désirais une bande-son qui me permette de m'envoler, et voilà que le *Massacre* de Stravinsky et Nijinski opéré contre la grâce tournait sur la platine. Ainsi, je me repliai, penaude, sur les « essais techniques de transmission », dans le giron accueillant de la télé, dans le langage rassurant des quelques pas académiques que je commençais à maîtriser.

De nombreuses années plus tard, je retrouverais le *Sacre* que j'aimerais et étudierais avec passion. Un rite de sacrifice, de mort et de renaissance sur une chorégraphie de Vaslav Nijinski datant de 1913, dont la portée révolutionnaire m'échappait, même si mon corps de ballerine en herbe en avait saisi d'instinct l'essence de façon négative. Des centaines de chorégraphes ont tenté, avec plus ou moins de succès, de dompter par le corps cette masse sonore. Certains, les plus grands, y sont parvenus. D'autres ont déclaré *a priori* qu'il s'agissait d'une entreprise impossible, se soustrayant au risque de se faire dévorer par la musique de Stravinsky.

J'ai passé ma vie à danser, puis à regarder les autres danser. Je désirais la beauté. Des années durant, j'ai recherché la grâce du geste, la précision du détail, le jeu des proportions qui s'harmonisent dans l'ensemble. Un travail patient auquel le danseur soumet son corps à chaque instant, une recherche quotidienne qui ne cesse jamais.

De ce point de vue, ton handicap avait des allures de mauvaise plaisanterie. Habituée à maîtriser la position d'un petit doigt, j'étais soudain confrontée à un corps qui échappait à tout contrôle, secoué de mouvements épileptiques, doté d'un dos et d'une tête incapables de tenir droit. Tétraparésie spastique et dystonique, clonies, alternance d'hypertonie et d'hypotonie, nystagmus, sialorrhée… Je vous en donnerai, du petit doigt ! Dès le début, ton corps insurgé s'est imposé avec une force qui enfreignait toutes les règles. Je me rappelle avec horreur les déclarations prophétiques de l'infirmière-cheffe des Soins intensifs néonatals qui, au moment de ta sortie, me conseilla de recourir au Valium pour te calmer – je découvris ensuite dans ton dossier médical que ses collègues et elle-même en avaient fait un large emploi lors de tes dix premiers jours de vie – et d'user de sévérité à ton égard pour éviter que tu me donnes du fil à retordre. Tels furent ses mots exacts : « Elle vous donnera du fil à retordre. »

De retour à la maison, je n'avais pas eu à attendre longtemps avant de voir cette prophétie se réaliser. Tu avais très vite commencé à pleurer. Des pleurs ininterrompus, inconsolables, dont je n'arrivais pas à comprendre le sens. Il était impossible de te laisser, ne fût-ce que quelques minutes, seule dans ton berceau. Te promener dans ton landau signifiait défier le sort et les regards de réprobation des passants qui, alarmés par tes hurlements, me montraient du doigt avec sévérité, m'obligeant à battre en retraite vers la maison. « Elle a sûrement faim ! » « Il faut qu'elle dorme ! » « Vous devez la changer ! » J'entends encore l'écho de ces voix. Je sens encore sur moi le regard accusateur d'une femme dans la pharmacie située sous les arcades. Je t'avais glissée dans un porte-bébé en espérant que notre contact physique t'apaiserait, mais cela n'avait pas suffi. Tu avais fondu en larmes et elle avait dit en secouant la tête : « Ah, ces mères… »

Une amie me conseilla de demander l'avis d'une sage-femme, une dame d'un certain âge, douce et maternelle. Mais je compris immédiatement, à son air désarçonné, que tes pleurs anormaux dépassaient la portée de son expérience, toute solide qu'elle fût. Elle se prodigua cependant pour m'expliquer comment te contenir, t'emmaillotant comme dans un cocon de façon que tu te sentes plus protégée. Aujourd'hui encore, quand tu te contorsionnes dans tes spasmes, j'essaie d'adapter cette stratégie de contention à ta taille qui n'a plus rien à voir avec celle d'une nouveau-née. Il est désormais impossible de t'enfermer dans une sorte de coquille ; toutefois créer des points de contact – front contre joue, mains contre ventre, poignet contre cou – atténue en partie l'explosion désordonnée de tes membres, le cambrement de ton dos, la torsion de ton buste.

Je désirais la beauté, ai-je dit. Et, malgré tes yeux très rapprochés et ton mono-sourcil, malgré ton strabisme et ta microcéphalie, tu as toujours été une belle fillette. D'une certaine manière, la beauté a été à la fois ta condamnation et ton salut. Si tu avais eu l'une des horribles malformations du visage très communes dans l'holoprosencéphalie, l'échographie morphologique l'aurait peut-être révélée et tu ne serais pas née. Bref, on pourrait presque dire que tu es venue au monde grâce à ta beauté : tu existes parce que tu es belle. Après ta naissance, ton aspect agréable t'a préservée de la laideur qu'on associe souvent aux handicapés, suscitant chez ceux qui les regardent une sensation de gêne, voire d'authentique irritation. J'ai du mal à l'admettre, mais en te suivant dans ta jeune vie j'ai constaté qu'il existe un handicap « beau » et un handicap « laid » et que, dans ce « monde à part », les gens – depuis les inconnus jusqu'aux thérapeutes, en passant par les médecins – subissent le charme du beau de la même façon que dans le « monde normal ».

Au début, cela m'agaçait, je me demandais s'il était juste que les autres s'approchent de toi uniquement parce que tu étais belle. Puis j'ai trouvé dans cet « uniquement » le sens le plus noble et le plus profond du mot beauté. J'ai pensé que la vie offre au moins un don à chacun d'entre nous et que, dans la poisse générale, mieux valait en profiter.

Je désirais la beauté et je l'ai eue : je t'ai eue.

26 avril 2013

À la plage, dialogue entre ton papa et Viola, cinq ans.
Viola : « Elle ne voit pas, hein ? »
Papa : « Non. »
Viola : « Mais elle parle ? »
Papa : « Non. »
Viola : « Elle marche ? »
Papa : « Non. »
Viola : « Mais alors elle est magique ! »

Onze

Mars 2008. Ces deux dernières années, le fil de l'amitié qui me lie à Francesca ne s'est jamais rompu ; au cours de ces deux années, tu étais, Daria, toujours entre nous, mais pas physiquement. Est-ce une longue période ? Peut-être, si j'y réfléchis aujourd'hui. À l'époque des événements, je ne l'ai jamais mesurée avec le mètre de l'absence ou de l'éloignement car j'avais beau voir Francesca rarement, et exclusivement hors de la maison, je ne l'ai jamais sentie loin de moi, de nous. Elle sonnera bientôt à la porte. Tout est allé très vite : nos lettres sur l'interruption de grossesse envoyées à *La Repubblica* (Francesca avait elle aussi écrit à Corrado Augias, naturellement sans que nous nous soyons concertées, et il avait également publié sa lettre) ont déclenché de nombreuses réactions ; notre histoire d'amitié a été évoquée et un hebdomadaire féminin a décidé de la raconter.

Voilà pourquoi je me trouve maintenant ici, flanquée d'une photographe et de son assistante. Nous attendons que Francesca nous rejoigne. Pour tromper l'attente, je parle un peu de nous et annonce aux deux femmes que mon amie et toi allez vous rencontrer pour la première fois. Je glisse cette information sans trop y penser, sans aucune emphase. C'est le croisement de leurs regards qui m'indique toute la portée de cet événement. Elles sont sur des charbons ardents. Elles pensaient s'en tirer avec deux ou trois clichés, et elles seront bientôt les témoins involontaires d'un moment intime, délicat.

Ce n'est pas la première fois que je provoque des situations potentiellement explosives, dont je ne me rends compte qu'au moment où la mèche est sur le point de s'enflammer.

En repensant au calme et à la disponibilité avec lesquels Francesca a accepté la rencontre, je me dis qu'elle a soupesé cette perspective davantage que moi, et cette conviction me rassure. Je me demande dans quel état d'esprit elle parcourt le trajet qui la sépare de chez nous. Et moi, comment réagirai-je ? Par chance, j'ai pensé dans une lueur de lucidité qu'il valait mieux expédier d'abord l'histoire des photos et dit à la nounou de t'emmener en promenade dans le parc. Nous voici donc, Francesca et moi, un peu nerveuses, un peu gênées, ne se sentant certainement pas à notre place. On nous photographie individuellement, puis côte à côte. Sur le canapé, devant la bibliothèque, la main de l'une posée sur l'épaule de l'autre. Francesca est toujours aussi belle, naturelle, désinvolte. Je me sens pour ma part ridicule, je ne sais pas où mettre les mains, la photogénie n'est pas mon fort. Enfin, la photographe se déclare satisfaite du résultat. Selon un timing parfait, la sonnerie de l'interphone retentit. Te voici dans l'embrasure de la porte.

J'ignore comment cela s'est produit, mais tu es passée en un instant de ton siège aux bras de Francesca, qui te berce sur sa poitrine opulente, les yeux brillants de larmes. Elle gagne le couloir, se rend à pas lents dans la pénombre de la cuisine, sans cesser de te bercer. Sa marche évoque une danse légère. À mon signe, la nounou s'éclipse et je bas en retraite dans le salon, où la photographe et son assistante paraissent abasourdies. Francesca a fait taire tout le monde et t'a accueillie dans la ouate de son giron maternel. C'est leur moment, me dis-je, laissons-les seules. Là où je suis née, les mères utilisent une expression dialectale pour désigner la nostalgie qui les assaille devant leurs enfants qui grandissent, leur désir irréalisable de les ravoir petits. *J'les r'fourrerais bien en ma panse*, affirment-elles. Cette image m'a toujours frappée par sa façon de résumer l'amour viscéral dans un geste spontané, presque furieux. Je me demande si, en t'étreignant, Francesca songe un instant qu'elle aimerait remettre sa Bianca dans son ventre. Et moi ? Si j'avais pu choisir, si j'avais su, comment me serais-je conduite ? Si j'en avais la possibilité, Daria, te remettrais-je *en ma panse* ? Si je pouvais choisir, choisirais-je de m'opposer à ta naissance ? Cette question se pose indépendamment de toi. Cette question vaut en tant que telle.

Douze

Je ne peux pas dire exactement ce que tu vois, de quelle façon et dans quelle proportion. Du fait de ta condition de sujet polyhandicapé et non coopératif, les examens et les médecins ne parviennent pas à mesurer avec précision ton visus. Mais je sais que tu n'es pas totalement aveugle et que tu mets à profit ce petit reste de vue pour fixer ou suivre les visages ou les objets proches et environnants.

Au fil des ans, les thérapeutes ont observé les stratégies motrices que tu exécutes laborieusement pour regarder le monde et nous ont expliqué comment te rendre cette tâche un peu moins pénible : où nous placer, à quelle hauteur, à quelle distance, comment attirer ton attention et susciter ton intérêt.

D'abord les images en noir et blanc, ou fortement contrastées, puis l'accompagnement des sons et l'exploration tactile. On s'efforce de stimuler le dialogue naturel entre la vue et tous les autres sens de façon que, en bons écuyers, l'ouïe, l'odorat et le toucher volent au secours de leur camarade insulté et blessé, compensant au moins en partie ses faiblesses.

Boules et balles de diverses dimensions et couleurs ; éponges douces, rêches, rugueuses ; pelotes, colliers et étoffes fluorescents ; bâtons de pluie, bouteilles et pots remplis de riz, de pâtes, de pièces de monnaie, de sable coloré ; clochettes de poignet et doigts lumineux : la maison est rapidement devenue la succursale d'un atelier de stimulation sensorielle. Tu étais encore un petit oiseau, allongée sur le tapis, sous ton mobile auquel nous accrochions des objets fabriqués de nos mains, à la place des articles vendus dans le commerce pour enfants normaux.

Tandis que tu grandissais, d'autres objets aux fonctions analogues se sont substitués aux précédents : livres en carton aux pages arrondies, plus faciles à feuilleter ; pâtes à modeler ;

grandes lettres de l'alphabet magnétiques ; peintures au doigt et pastels pratiques à empoigner, pompons, stickers et rubans bariolés ; loto tactile... Les classeurs marqués au dos de ton prénom se sont remplis de centaines de dessins, de dizaines d'ouvrages pour la fête des mères et des pères, œufs de Pâques pop-up, sapins de Noël en rouleaux de papier toilette, ouate, boutons, squelettes d'Halloween en cure-dents et cotons-tiges. Je sais que tu ne les as pas réalisés toi-même, mais je reconnais dans ce méli-mélo – petites pépites d'or – les témoignages d'un engagement authentique de la part des enseignants qui t'ont suivie, adaptant les activités scolaires à tes compétences limitées, s'efforçant de trouver une façon créative de t'y inclure : te proposer de choisir une couleur, un matériau, un mot...

Mon cœur se débat dans une ambivalence émotive constante ; d'une part, l'agacement face au énième poème enregistré sur le Voca, le magnétophone que tu parviens à actionner de ton poing pour nous faire écouter à Noël ou à Pâques une voix qui n'est pas la tienne.

D'autre part, la tendresse et la gratitude envers ta camarade de classe qui s'est placée à côté de toi et a enregistré le texte avec dévouement, ton euphorie quand tu presses le bouton et reconnais sa voix. Et puis une pensée reconnaissante envers le monde du handicap : des gens qui ne perdent pas de temps à regretter ce que vous n'avez pas, qui mettent à profit le peu que vous avez. Et ce peu devient énorme. De courts moments de bonheur éclosent dans les replis des jours. Certes, ils ne durent qu'un instant, mais ces instants permettent d'aller de l'avant.

De temps à autre, la danse aussi m'offre des moments de pur plaisir, toutefois il n'est pas garanti qu'ils soient le fruit d'une évasion, d'une dérobade consistant à me réfugier dans l'obscurité d'un théâtre, dans un monde éloigné du tien, du nôtre. Au contraire, les artistes contemporains qui explorent la corporéité soulèvent des questions étonnamment proches de notre quotidien.

Ainsi, en pénétrant dans la salle et en découvrant le sol composé de panneaux en carton, unis par du ruban adhésif en relief, un simple échiquier qui délimite la zone de performance du spectacle *Danza cieca*[17], j'ai l'impression d'être à la maison. Deux hommes font leur entrée pieds nus, côte à côte, le contact de leurs épaules orientant dans l'espace Giuseppe, danseur non-voyant, le conduisant à sa position de départ, sur un côté de la scène. Ils s'asseyent par terre en tailleur. Virgilio, chorégraphe et danseur, murmure quelques mots brefs à l'oreille de Giuseppe. Ce dernier sourit. Je suis frappée par l'harmonie qui caractérise leur relation, surtout par l'« écoute » qui guide leurs mouvements. Cela n'a rien à voir avec ce que nous désignons d'ordinaire par ce terme, cela n'a rien à voir avec le son. Cela se manifeste quand leurs corps – leurs mains, leurs bras, leurs jambes – se rapprochent, mais pas au point de se toucher, car il y a entre eux un léger déplacement d'air qui palpite, une énergie qu'on croit percevoir. Après la performance, un spectateur demande à Giuseppe : « Que vois-tu quand tu danses ? » « Je n'imagine rien, j'écoute, je me rappelle des moments, je sens la présence de Virgilio... » C'est la réponse d'un homme dont le vocabulaire ne renferme pas le verbe « voir ». Son univers, comme le tien, je le pense, se compose d'autre chose : sentir, écouter, se rappeler, imaginer…

Dans un autre spectacle aussi, *Atlante del bianco*[18], fruit de la rencontre de Virgilio Sieni et Giuseppe Comuniello, les bandes de ruban adhésif sur le sol subdivisent l'espace et permettent aux danseurs de s'orienter en sentant sous leurs pieds nus l'épaisseur variable des lignes. Cette stratégie me rappelle une expérience menée à bien dans les centres de rééducation, où les enfants aveugles et malvoyants, comme toi, sont incités dès le plus jeune âge à mesurer l'espace au moyen de leurs pieds et de tout leur corps.

Soudain Giuseppe se met à courir en cercle à reculons. Cette action me trouble, je songe au risque auquel nous nous exposons, nous autres voyants, en nous abandonnant à l'« arrière », à la difficulté que j'ai souvent éprouvée en tant que danseuse à me laisser guider par la nuque dans l'espace inconnu. Mais pour Giuseppe qui ne voit pas, cette action est dénuée de crainte, privée du renoncement au sens de la vue. Il se peut qu'il parvienne à effectuer cette course sans aucun conditionnement. Exactement comme les jumeaux non-voyants que j'ai vus il y a quelques années faire leurs premiers pas durant un séjour intensif de rééducation. Alors qu'ils se tenaient à quatre pattes, qu'ils se soulevaient avec peine en s'équilibrant de leurs bras, l'un des deux s'est soudain redressé et s'est mis à marcher… à reculons ! Une leçon éclairante, pour moi, sur le mystère du corps qui traverse l'espace, le rend perceptible et nous permet de le « voir ».

Atlante del bianco en est à sa conclusion. « J'ai besoin de l'un d'entre vous, merci. (PAUSE). J'ai vraiment besoin de l'un d'entre vous », dit Giuseppe en tendant le bras vers le public. Un spectateur courageux se confie à ses mains, les deux hommes parcourent en cercle l'espace, la main du danseur appuyée sur l'épaule du spectateur qui, invité enfin à fermer les yeux pour se laisser conduire par un aveugle, marche avec lui vers l'expérience de l'obscurité absolue.

Treize

« *Families for HoPE* ». Un groupe de familles américaines a enfermé dans un « o » minuscule ce que signifie être pères et mères d'enfants affectés de HPE[19], créant une communauté animée par l'espoir. J'ai découvert cette association sur Internet, quelques mois après ta naissance.

Alors que nous séjournions encore à l'hôpital, les membres de notre famille et nos amis les plus intimes s'étaient chargés de s'aventurer sur le Web à la recherche d'informations sur l'holoprosencéphalie. Ils s'y étaient employés timidement et nous avaient rapporté des données vagues et incertaines. On trouve de tout sur Internet. Si vous voulez souffrir, vous êtes les bienvenus. Il m'a fallu un peu de temps pour m'orienter, pour déterminer ce qu'il valait mieux éviter (par exemple, les photos de bébés ou de fœtus au visage difforme) et ce qui pouvait m'être utile.

Au début, j'avais besoin d'informations scientifiques : causes génétiques, statistiques, centres de recherche, hôpitaux s'occupant de ta pathologie. Je cherchais un « pourquoi ». J'ai découvert sur Internet le Carter Center, un centre de recherche créé grâce aux dons d'une riche famille texane à laquelle le destin avait donné un enfant affecté de HPE. Je l'ai contacté, j'ai envoyé ton IRM et eu la confirmation de la forme semi-lobaire dont tu es atteinte, j'ai demandé qu'on m'expédie un peu de documentation scientifique et une vidéo racontant comment ce centre est né et de quoi il s'occupe, ainsi que les histoires de ceux qui le fréquentent. Je ne l'ai plus regardée par la suite, mais je me rappelle vaguement l'interview d'un homme coiffé d'un chapeau de cowboy par une femme très maquillée, aux cheveux crêpés d'un blond platine.

Ce sont les informations pratiques, parfois de véritables stratégies de survie, qui m'ont été les plus utiles. Je cherchais un « comment ». Et les réponses des parents ont été précieuses dans ce domaine. J'ai appris que nous étions plus ou moins tous dans le même bateau : crises d'épilepsie, dysphagie, reflux, sécrétions nasales, troubles du sommeil, crises de pleurs prolongées. Et puis diabète insipide, spasticité… Sur les conseils d'une maman américaine, j'ai déniché un petit siège en caoutchouc dans lequel tu as enfin réussi, à partir de six mois, à te tenir assise assez longtemps sans te plaindre, ce qui arrivait en revanche lorsque je te mettais dans une poussette normale. Ce siège, semblable à un pot de chambre de grandes dimensions, était fait d'un matériau doux, assez enveloppant pour que tu t'y sentes en sécurité, comme dans une coquille de noix.

Grâce à une chercheuse américaine du Carter Center, j'ai appris l'existence d'Alessia, une fillette souffrant de la même pathologie que toi : à quelques kilomètres de chez nous, un petit phare allumé. D'abord, le courriel de son oncle, qui avait servi de filtre. Puis, enfin, la conversation téléphonique avec sa maman. Premiers partages : non, Alessia non plus ne dort pas, non, Alessia non plus ne marche pas, oui, Alessia aussi a du mal à manger... Oui, ne t'inquiète pas... c'est dur au début, puis on s'habitue. À l'époque, Alessia était déjà un peu grande, pourtant sa maman et moi ne nous sommes jamais rencontrées. J'aurais bien voulu, mais je pense qu'elle n'en avait pas envie. La douleur partagée n'est pas toujours, et pas pour tout le monde, moins dure à supporter. Il y a quelques années, quand, après une longue pause dans nos échanges, je l'ai appelée parce que nous nous trouvions dans sa petite ville, elle m'a remerciée avant de décliner notre invitation à nous réunir. J'ai toujours eu beaucoup de respect pour sa réserve et, lorsqu'elle m'a envoyé une photo de sa fille âgée de vingt et un ans, j'ai beaucoup apprécié ce geste de partage. Alessia a toujours été présente dans mon esprit, à sa façon, même de loin : elle était en vie, elle grandissait, devenait adulte, sa mère et sa famille avec elle. Pour moi, elles étaient la preuve vivante d'une possibilité qui dépassait la condamnation à l'éternel présent : la possibilité que tu survives, et nous avec toi.

Au fil du temps, on cesse de chercher des réponses avec acharnement, de se démener, de vouloir aller ailleurs. Ce n'est pas de la résignation, plutôt une forme d'acceptation active : on cesse de se battre « contre ». On ménage ses énergies et on s'emploie à se battre « pour ».

J'ai continué d'utiliser Internet pour obtenir ce qui te revenait de droit, comme l'octroi d'une carte mobilité inclusion pour la voiture, que la Commission de l'ASL t'avait d'abord refusée sous prétexte que tu étais trop petite et que tu ne marcherais peut-être pas. Une telle affirmation m'a permis de comprendre que ces médecins ne connaissaient en rien ta pathologie, aussi ai-je traduit de l'anglais les informations de base sur l'holoprosencéphalie, tirées du Carter Center, et les ai-je apportées à la consultation suivante.

Ce texte figure aujourd'hui sur la page Facebook « Hpe Oloprosencefalia » créée par Sandra, la maman de Marco. Je l'ai rencontrée, elle aussi, par l'intermédiaire d'Internet : nos prénoms et coordonnées ont franchi l'Océan, rebondissant sur la terre des cowboys pour revenir ici. À présent, grâce à cette page, il existe un lieu où les mamans italiennes échangent des conseils et des informations utiles. Du concret, de la pudeur et peu de rhétorique. Lorsque j'ai besoin d'un renseignement, je sais qu'on m'y répondra.

Je déteste, en revanche, la prétendue beauté que certains sites américains de ce genre exaltent et exhibent avec une ostentation baroque : les portraits de nouveau-nées difformes habillées en papillons ou en princesses, comme de mauvaises copies des photos d'Anne Geddes, et les commentaires les concernant – « *Wonderful* », « *Sweet* » –, la rhétorique des « *Baby Angels* ». Des anges ? La vérité, c'est que vous autres enfants « particuliers » n'êtes pas du tout des anges…

En réalité, quand on parle de handicap, il est presque impossible de se soustraire à cette rhétorique. Sur un groupe WhatsApp de mamans d'enfants handicapés est arrivé un jour ce message : « L'un de nos anges est monté au ciel cette nuit. Enfant très doux, il protégera ses camarades de là-haut, libre parmi les étoiles. » Fabiana, que la page

Facebook de l'HPE montrait toujours très souriante, est elle aussi « montée au ciel ». Elle avait dix ans et était hospitalisée depuis quelques jours. Sa mère postait des prières à la Vierge Marie, des demandes de protection à Padre Pio. « Résiste, guerrière. » Mais la guerrière ne s'en est pas tirée. Au fil des ans, d'autres l'ont suivie. Comme Sofia, une fillette que j'ai tenue dans mes bras alors qu'elle n'avait que quelques mois. Sa mère avait fait le voyage de la Sardaigne à Rome. Elle avait pris l'avion toute seule, sa petite au cou et ses valises à la main pour se rendre à l'hôpital à la recherche d'un diagnostic. Je ne pourrai jamais oublier son petit corps qui tressaillait entre mes mains. On aurait dit qu'elle avait le hoquet, or elle souffrait de crises d'épilepsie. Elle est partie dans son sommeil, après avoir été pendant onze ans le cœur d'une famille qui a grandi autour d'elle, accueillant d'abord un nouveau père, puis deux frères. Souvent la maladie sépare, éloigne, détruit. Parfois, elle engendre, noue, démultiplie l'amour.

Quatorze

Tes premiers mois de vie ont constitué un horrible cauchemar. Après les fêtes de Noël, passées chez tes grands-parents, nous avons réintégré Rome, résolus à organiser notre vie toutes les deux avec une nounou que nous avions contactée avant ces vacances. Ton papa regagnerait Naples et nous rejoindrait pour le week-end. Mais le jour convenu, la dame en question s'abstint de se présenter sous je ne me rappelle pas quel prétexte, nous envoyant une prétendue nièce censée la remplacer. Ce petit obstacle suffit à précipiter au sol le château de cartes instable que nous avions cru avoir construit. Nous n'avions pas conçu de plan B. Ainsi, pressé par l'urgence de retourner à ses engagements quotidiens, papa décida-t-il en l'espace de quelques heures que, ne pouvant rester seules, nous l'accompagnerions à Naples. Nous partîmes un soir, je m'en souviens, après avoir fait nos valises à toute allure et t'avoir installée dans la voiture, toute petite dans l'encombrant *Potemkine*.

C'est ainsi qu'a débuté l'une des périodes les plus difficiles de notre vie. L'appartement était exigu ; le matin, papa allait travailler, nous laissant toutes les deux seules, l'une sur l'autre. Tu n'avais à ton arc qu'une seule flèche : les pleurs, une arme simple, pauvre, mais très puissante, capable de me transpercer le cœur et le cerveau. Tu pouvais hurler toute la journée sans te lasser. Pour ma part, je n'avais que mon désespoir pour bouclier, j'étais lasse, fatiguée de toi, en manque de sommeil, enfermée dans une cage. En général, tu te calmais le soir, au retour de papa. Quand des amis venaient dîner, ils te voyaient endormie. « Elle est très calme », disaient-ils. Lorsque je leur expliquais que tu avais crié toute la journée et que tu recommencerais bientôt, ils posaient sur moi un regard perplexe. Ils ne me croyaient pas.

Je n'ai jamais compris d'où tu tirais toute cette force. Tu étais tenace, inlassable. Au cours de ces longues nuits, papa et moi nous alternions pour te bercer dans nos bras. Debout, naturellement. La seule façon de te calmer consistait à arpenter le couloir ou, immobiles, à fléchir les genoux en un balancement accompagné d'un refrain que papa avait inventé. « Osti, osti, osti… » Des heures entières. Pour terminer, nous nous écroulions sur le canapé ou sur une chaise, les yeux fermés, et essayions de dormir assis. Or, à peine tu te rendais compte que nous nous étions arrêtés, que tu recommençais à te plaindre. Et de nouveau : « Osti, osti, osti… », si bien qu'Osti devint ton surnom et l'origine de nombreux jeux de mots liés à ton caractère et au monde qui grandissait autour de toi : Ostidoux, Ostilla, Ostine, Ostiland, Ostichaise, Osticar… mais, avant tout, O(b)stinée.

J'ai passé à Naples des mois d'une solitude déchirante, durant lesquels j'avais l'impression de vivre à l'intérieur d'une bulle spatio-temporelle. De la fenêtre, je pouvais voir la ville se refléter sur l'eau, lointaine, inaccessible. Une carte postale d'où ne s'échappaient ni sons ni humeurs. Le golfe se détachait nettement dans le cadre de la baie vitrée. De l'autre côté de la vitre, j'étais enfermée dans quelques mètres carrés, coincée entre des paquets de couches, des biberons, des valises. Un aquarium où les heures s'étaient arrêtées. Parfois, un coup de téléphone m'arrachait à ce temps suspendu, cependant il était difficile de renouer les fils avec l'extérieur, avec le flux des vies d'autrui.

L'hiver s'écoula de la sorte. Je n'ai presque aucun souvenir des faits, juste la sensation d'un fardeau énorme qui m'accablait et que je ne parvenais pas à supporter. Une photo, prise par papa, nous montre toutes les deux via Caracciolo, lors d'une de nos tentatives maladroites de t'emmener en promenade. La mer en arrière-fond, moi qui m'efforce de sourire à l'objectif, en dépit de ta bouche grande ouverte en des pleurs inconsolables.

Puis, brusquement, je me rendis compte que cette immobilité allait nous détruire. Je compris qu'il fallait réagir pour te sauver. Et que, si tu étais sauvée, je le serais également. Il était important, m'avait-on dit, d'entamer très tôt un parcours de rééducation. Je contactai deux centres, qui te placèrent sur une liste d'attente, et le jour où j'entrevis une possibilité d'accéder à l'un d'eux dans un délai relativement bref, nous organisâmes en toute hâte notre retour à Rome.

Le printemps approchait. Nous commençâmes nous aussi à sortir lentement le nez hors de notre tanière. Nous avions hiberné sans dormir, notre odeur était celle des larmes, mais sur cette terre trempée, quelque chose fleurirait peut-être.

Décembre 2013

Au centre de rééducation.
Dans le petit salon, nous attendons toi et moi le psychomotricien. Autour de nous, deux autres mamans et Lucio, cinq ans, non-voyant, en compagnie de l'ergothérapeute, qui plaisante pour t'inciter à redresser la tête.
Lucio lui demande : « Qu'est-ce que tu fais ? »
Et elle : « Je taquine un peu Daria.
— Je peux la taquiner, moi aussi ? interroge l'enfant.
— D'accord. Je t'écoute. Que veux-tu lui dire ? »
Lui, d'une voix perçante qui n'admet pas de réplique : « Daria, je te vois ! »

Quinze

Un an avant de t'attendre, j'avais eu une première grossesse. J'en eus la confirmation au printemps, mais en mon for intérieur je le savais déjà : l'instant précis de la conception avait consisté en un pincement dans le ventre, semblable à celui qu'on ressent lors d'une prise de sang, quand l'aiguille s'introduit dans la veine. Cela avait été très bref, et pourtant je l'avais senti nettement, clairement, et cela s'était ancré de façon indélébile dans ma mémoire. Je vivais cet événement dans un mélange de terreur et d'euphorie. Papa habitait encore une autre ville, mais ce n'était là qu'un seul des nombreux obstacles – certainement le moindre – dont notre chemin était pavé. Je désirais un enfant et j'étais persuadée que nous surmonterions ensemble n'importe quelle difficulté. Il en alla tout autrement. Papa accueillit mal la nouvelle de cette grossesse : il affirma que ce n'était pas possible, qu'un tel événement détériorerait ses rapports – déjà très compromis – avec les enfants qu'il avait eus d'un précédent mariage. Je tentai d'esquisser des scénarios de vie commune, me déclarai prête à emménager à Naples, en vain : toutes mes propositions s'écrasaient contre le mur de son refus catégorique. Il en vint même à mettre en doute notre relation. Jour après jour, mes certitudes se fissuraient, le conte de fées se désagrégeait, la réalité se présentait à moi comme une voie sans issue. Je le sais maintenant, il y a toujours une issue, mais à l'époque j'étais incapable de la voir. À la pensée de perdre cet amour tant désiré, j'eus peur, peur de rester seule, de ne pas réussir à élever un enfant. Je commençai à envisager l'idée d'avorter. Enfin, je cédai.

Dans ma tête, cet enfant, qui aurait à présent un an de plus que toi, a toujours été un garçon. On dit qu'il arrive souvent aux femmes enceintes pour la première fois d'imaginer leur bébé au masculin.

Je ne peux m'empêcher de me demander ce que je serais devenue si j'avais fait un choix différent ; après ta naissance, cette question s'est muée en un gouffre à l'intérieur duquel j'ai sombré à plusieurs reprises, entraînée par des fleuves de conjectures : cet enfant aurait été de sexe masculin, il se serait prénommé Pietro, ou Tommaso, et son père aurait fini par s'occuper de lui ; si je l'avais eu, tu ne serais sans doute pas née ; j'aurais eu un garçon en bonne santé, avec un père peut-être absent, non une fille handicapée, née du même père, qui la refuserait, avant de tomber amoureux d'elle en la voyant.

Durant toutes ces années, j'ai pensé à vous deux comme à des enfants qui s'excluaient l'un l'autre. Tu es là parce qu'il n'existe pas. S'il existait, tu ne serais pas là. Il a fallu que tu grandisses pour que la pensée d'un frère et d'une sœur se fraie un chemin dans mon esprit. Quelle vie aurais-tu eue auprès d'un frère aîné ? Et quelle mère aurais-je été si j'avais également eu un enfant dit « normal » ?

Je regarde tes camarades de classe des deux sexes avec un mélange de curiosité, de stupeur et de malaise. J'ai l'impression que leur monde m'est totalement étranger, je me sens inadaptée, incapable d'établir une relation avec ces adolescents et leurs énigmes.

J'aurais pu, j'aurais dû. Cela m'aurait encouragée, réconfortée, ragaillardie, ranimée. Cela aurait été pour toi une aide précieuse. Un soutien, une stimulation, un point de repère… surtout pour l'avenir, pour cette période obscure que la loi italienne qualifie d'« après ». Je le sais, je me le suis dit et je me suis entendue le dire des dizaines de fois : un autre enfant changerait tout. Quoi qu'il en soit, non, après toi je n'ai pas fait d'autre enfant. Pour mille raisons. Pour une seule raison, la peur que cela se reproduise.

Quand tu avais un peu plus d'un an, nous avons séjourné trois semaines dans un centre de rééducation à la frontière suisse. C'était la première fois que je passais autant de temps avec des mères qui menaient des vies semblables à la mienne. Parmi elles se trouvait la maman d'une fillette de quatre ou cinq ans, aux cheveux bruns et aux merveilleux yeux bleus, prénommée Federica. Bien que ce fût une enfant robuste et corpulente, elle la tenait toujours dans ses bras, contre elle, car c'était la seule façon de l'apaiser. L'idée de ne pas disposer encore d'un diagnostic précis concernant son état la révoltait. Elle avait eu une autre fille, elle aussi née avec des problèmes, et qui était morte à l'âge de huit ans. Elle avait laissé à la maison un mari et un fils presque adolescent. Elle ne savait qu'une seule chose : la maladie génétique dont était atteinte Federica ne touchait que la branche féminine de sa famille. Après ce séjour, nous sommes restées un certain temps en contact, et c'est ainsi que j'ai appris un jour la mort de la fillette à l'âge de huit ans. Je ne pourrai jamais oublier ses yeux ni ceux de sa mère.

Dans ce genre d'endroit, la sensation de déchirure, de lacération, est presque palpable : les familles qui se scindent, l'éloignement, les coups de fil las, passés pendant la nuit, quand la mère parvient enfin à s'arracher à son enfant-koala et qu'elle raconte tout bas sa journée, au téléphone. J'ai l'impression de les voir à l'autre bout du fil, ces pères lointains devant une assiette de pâtes au beurre, agrémentées de parmesan, et un enfant en pyjama – « Tu t'es brossé les dents ? » – seul dans une chambre à deux lits.

Je n'ai jamais envié ces mères, ni ces enfants restés à la maison, souvent négligés, inévitablement au second plan, victimes innocentes du handicap de leur frère ou de leur sœur.

Seize

Tu avais quelques mois, nous parcourions la via Merulana lorsque nous rencontrâmes une femme d'âge mûr qui sortait d'un immeuble. Cette dame te regarda – tu étais dans ta poussette – et étira les lèvres en une grimace de dégoût. Telle est la première humiliation dont je me souvienne. Elle venait d'une inconnue qui avait croisé ton regard oblique, la distorsion de ton œil gauche qui converge pour mettre à profit le mieux possible ton faible restant de vue.

« Madame, nous devons absolument faire quelque chose pour ce strabisme », avait dit quelques jours plus tôt l'opticien en bas de chez nous. S'il n'y avait que ça, avais-je pensé en lui adressant un petit sourire, désarmée face à son zèle déplacé.

Inutile de le dire : comme toutes les mères, j'aimerais qu'on t'apprécie, qu'on t'aime autant que je t'aime. Alors j'essaie de susciter l'amour chez autrui en racontant tes exploits. Cela marche parfois. Pas toujours. J'ai du mal à avaler la pilule quand je lis le refus dans les yeux des individus censés prendre soin de toi.

« Non, madame, je ne donnerai pas à boire à votre fille, car si elle avale l'eau de travers je me retrouverai en prison. » Ces mots, prononcés par ton éducatrice spécialisée, nous ont accueillis le premier jour de l'école primaire. Un coup de poing en plein visage m'aurait peut-être fait moins mal. Bienvenue dans l'école de l'inclusion. Une école ouverte à tous. Une école où l'on pratique l'intégration et la tolérance.

L'école est une épine dans le pied de nombreuses mamans d'enfants ayant des difficultés. L'Italie a produit une législation vertueuse en matière d'inclusion scolaire, mais la loi et son application sont séparées par des tranchées, à l'intérieur desquelles une armée de mères belliqueuses mènent une bataille quotidienne.

Quand j'ai raconté notre baptême du feu à d'autres mamans, au centre de rééducation, ces vétéranes m'ont accueillie avec un petit sourire ironique : « Bienvenue au club. » Elles avaient déjà affronté, mâché et digéré ce que je vivais à l'école primaire. Elles ont protesté et lutté, ont signé des pétitions et des réclamations, ont discuté avec les enseignants, les assistants municipaux, les dirigeants d'établissements scolaires. Elles ont présenté des recours au rectorat, réclamé des conseils juridiques, produit des piles de certificats, de documents, de comptes rendus neuropsychiatriques, de diagnostics fonctionnels. Elles ont parfois appelé les forces de l'ordre en classe, ont porté plainte.

Plus on avance, plus les choses se compliquent. Plus les principes qui ont inspiré la loi 517 de 1977 sur l'inclusion scolaire des élèves handicapés se heurtent à la rigidité des programmes, aux obligations de la didactique, à la séparation des rôles.

Alors il faut s'outiller, s'informer, étudier la loi, savoir exactement qui est censé faire quoi. Il faut se tenir sur le qui-vive comme des sentinelles, ne jamais baisser la garde… Le recours au langage guerrier est instinctif. Mais peut-on vivre sans cesse en état d'alerte ? Coiffer un casque et empoigner un fusil chaque matin avant de sortir de chez soi ? Non, c'est impossible. Cela ne me convient pas, je ne suis pas plus une mère tigresse qu'une mère courage.

Alors, certains jours, je lâche prise et ferme les yeux pour éviter de voir. Emportée par les sentiments de culpabilité, j'ai dans ces moments-là l'impression de te nuire, de ne pas défendre tes droits avec assez de vigueur. Mais c'est pour moi une question de survie. Accepter qu'on n'y arrive pas toujours fait partie du parcours. J'inspire profondément et, cette fois-là au moins, je passe mon tour.

Dix-sept

Certains livres ont le pouvoir de vous ramener à des expériences de vie qui gisent, ensevelies quelque part sous des couches de silence et de chagrin. *L'Événement* d'Annie Ernaux[20] figure à leur nombre. Dans son récit net, dépouillé, minimaliste, l'autrice prononce sur l'avortement des mots pour moi indicibles. Son courage – mais s'agit-il de cela ? – me pousse à lui emboîter le pas, à rapporter mon expérience sans fard car, comme elle l'écrit, il n'y a pas de vérités inférieures, et avoir vécu une chose, n'importe quelle chose, donne le droit inaliénable de l'écrire.

Nous étions à la mi-juin 2004. Je me rappelle une salle d'attente, mon amie Madda venue me tenir compagnie. La tête basse, j'épiais mes compagnes de malheur. Car il s'agissait bien de cela : un jour de malheur, un choix que j'essayais de considérer comme le seul possible. Autour de nous, une galerie de figures féminines archétypales. Il y avait la fille sans peur et sans reproche – sac à dos, godillots, manières expéditives – qui se mouvait avec désinvolture, comme si ce n'était pas la première fois, comme si elle n'avait pas de temps à perdre. Je me souviens de la rapidité avec laquelle elle s'était rhabillée, après avoir obtenu l'autorisation de l'infirmière, et s'en était allée, son sac à l'épaule, sans se retourner. Il y avait la mère de famille, dolente, le visage marqué par la fatigue, le corps appesanti par ses grossesses précédentes, un autre enfant, non, ce serait trop. Et puis il y avait une jeune blonde, étrangère, de l'Est, je crois, suspendue à son téléphone portable. Elle s'exprimait avec nervosité, entre deux sanglots, tentant de faire prévaloir jusqu'au dernier moment ses raisons contre celles de l'homme qui, de toute évidence, l'avait conduite là.

On nous invita à entrer dans une grande salle à six lits. Puis, à tour de rôle, on nous convoqua dans une infirmerie où l'on nous donna un ovule et une couche. Nous devions aller aux toilettes, introduire l'ovule dans notre vagin, mettre la couche et patienter. Je ne me rappelle plus combien de temps s'écoula avant l'opération. J'entrai dans une pièce où se trouvait un lit gynécologique. On me demanda d'ôter ma culotte et de m'allonger. Soudain mon corps se révolta. Je fondis en larmes, me démenai, criai. « Non, non… » J'ai le souvenir de mains décidées m'immobilisant le temps d'enfoncer l'aiguille dans ma veine, avant que la salle ne s'évanouisse dans l'anesthésie. Je me réveillai en frissonnant. Je tremblais, j'étais gelée, on me tendit une couverture. À mes côtés, Madda m'assura que tout était terminé. Eh oui, il en était ainsi, tout était terminé.

Quand, l'année suivante, je suis tombée enceinte de toi, je n'ai pas senti de piqûre dans mon ventre. Ni de frémissement, ni de battement d'ailes, juste un retard de mon cycle, bientôt confirmé par la double ligne rose du test de grossesse. J'ai dit à ton papa que je garderai cet enfant à tout prix. Notre situation n'avait guère changé depuis l'année précédente, mais j'étais différente. Je savais que je ne referai pas ce que j'avais fait.

27 novembre 2016

De Cecilia, camarade de classe, carte de vœux pour tes onze ans (elle en a huit) :

Daria, tu es douce comme une douceur,
Daria, tu es présente comme l'air,
Daria, tu te démènes comme une libraire,
et je t'aime de tout mon cœur.

Dix-huit

Cette nuit, j'ai encore rêvé que tu étais double. Cela m'arrive souvent : mes rêves diffèrent, mais leur thème est récurrent. Cette fois je t'emmenais chez la coiffeuse pour qu'elle te coupe les cheveux. Étrangement, dans ce rêve – comme dans la vraie vie –, tu avais déjà les cheveux très courts, car la coiffeuse te les avait coupés une dizaine de jours plus tôt. Je me retrouvais donc dans son salon sans comprendre très bien pourquoi j'étais là, craignant de m'être trompée et de devoir justifier ma présence. Bref, il n'y avait pas grand-chose à couper sur ta tête. Et puis, soudain, tu te dédoubles : tu es dans ta poussette, près de la coiffeuse, et je tiens dans mes bras une seconde Daria, identique à la première. Je sais que ce n'est pas toi, que c'est une autre. Une autre fille dont je dois prendre soin, dont je dois m'occuper, dont je dois faire couper les cheveux. L'autre fille. La jumelle.

Quand tu n'étais pas plus grosse qu'un point dans mon ventre, tu étais vraiment double. Tu avais un point jumeau et vous occupiez – comme on le découvrirait quelques semaines plus tard – deux chambres voisines, mais séparées. Cette cohabitation n'avait toutefois guère duré : à la cinquième semaine, l'une des deux chambres s'était rompue. « Un petit décollement », avait déclaré la gynécologue à la vue des pertes foncées qui tachaient ma culotte. Il convenait de rester au repos et de voir ce qu'il se passerait. Une amie m'emmena chez un autre médecin, un gynécologue excellent et fiable, à ses dires. Il effectua une échographie et constata la présence de deux sacs gestationnels, dont l'un se résorbait. L'incident s'étant produit au tout début de la grossesse, la situation ne présentait aucun danger, selon lui, pour toi qui habitais l'autre chambrette. Mais… je me demande si tes problèmes n'ont pas commencé à ce moment-là. L'endommagement du fœtus par la disparition de son jumeau figure au nombre des hypothèses que les études sur l'holoprosencéphalie ont explorées à propos des causes de l'affolement d'un gène. Si tel était le cas, tu aurais été victime d'une tentative de fratricide.

Je me suis peut-être bornée, toutes ces années, à traquer un coupable. Une chose ou un être auquel attribuer la responsabilité de ce qui est arrivé. Un peu comme certains malades, qui s'accusent de leur propre maladie : on cherche une cause concrète parce qu'on n'accepte pas d'être victime du simple hasard.

Pourquoi ai-je un cancer ? J'avais peut-être une faute à expier. Une grande faute, la pire qu'on puisse imaginer. Une faute indicible et donc jamais avouée. Elle te concerne, je la confie à tes menottes qui caressent, aux gouttes de tes pupilles, à tes oreilles capables d'entendre un souffle, à tes lèvres obligées de garder le secret.

Le jour où j'annonçai à ton papa que j'étais enceinte de toi, il cessa de me téléphoner.

Au fil des jours, son absence prit lentement forme. Au début invisible, sournoise, elle augmenta et s'épaissit en adoptant la dureté d'un mur contre lequel je ne cessais de me heurter. Il fallait que je comprenne, puis accepte que je l'avais autorisé une nouvelle fois à me leurrer. Que rien n'avait changé depuis l'année précédente. Le sacrifice de ton frère n'avait-il donc servi à rien ? Avais-je eu tort, après ce premier traumatisme, de recoller les morceaux et de décréter que notre histoire méritait une seconde chance ? Il avait juré que cela ne se produirait jamais plus. Et voilà que je me retrouvais couchée sur le canapé, attendant que le téléphone sonne. Cet amour dans lequel j'avais tant investi comptait-il donc si peu pour lui ? Je sais, la situation n'était pas simple, mais je possédais une détermination sans nuances qui ne laissait aucune place à sa complexité. Pour moi, tout était terrible, mais incroyablement clair.

Les jours s'écoulaient, et je me sentais seule au monde, désespérée. Un après-midi, quelques jours après mon rendez-vous avec la première gynécologue qui m'avait prescrit un repos absolu pour conjurer une menace de fausse couche, une pensée s'insinua soudain dans mon esprit. Te perdre à cause d'une fausse couche me permettrait peut-être d'échapper à cette impasse. Plus j'y pensais, plus cette hypothèse adoptait les contours d'une possibilité. À l'époque, je me déplaçais en scooter, et Rome était déjà tristement célèbre pour ses rues jonchées de nids-de-poule. Voici ce que je vais faire, me dis-je : je vais prendre mon scooter pour aller acheter des livres et des DVD. Par quel mystère n'y avais-je pas pensé plus tôt ? Au fond, la menace de fausse couche existait bien, il suffisait de lui donner un coup de pouce pour transformer une donnée en réalité. De ce trajet à scooter, j'ai oublié les détails, mais je crois avoir roulé volontairement sur quelques nids-de-poule et en avoir évité de nombreux autres en hésitant entre le double désir de te tuer et de te sauver. De retour à la maison, je me ruai aux toilettes où j'examinai ma culotte à la recherche d'une tache sombre. Il n'y avait rien. Et rien n'apparaîtrait les jours suivants. Tu t'étais sans doute agrippée avec force aux parois de mon utérus durant cette brève et folle course. Était-ce déjà toi, ce jour-là ? Ou es-tu devenue toi par ma faute ?

Voilà ce que j'ai commis, mon péché inavoué. Je ne cherche pas de justifications. Je ne sais qu'une seule chose : j'aimais ton père à tel point qu'il m'était insupportable de le perdre par ta faute. Je voulais être mère, mais j'étais mesquine et lâche, incapable d'assumer jusqu'au bout la responsabilité d'une action consciente. J'avais invoqué l'intervention de la malchance, sans imaginer que tu ne serais pas la seule à en être la cible, que nous le serions toutes les deux, ensemble, toute la vie.

Dix-neuf

La maladie est la plus grande des misères, la plus grande misère de la maladie est la solitude. Ce qu'a écrit John Donne[21], je le lis dans les histoires de personnes en qui je vois se refléter des fragments de ma vie.

Solitude : un homme de près de soixante-dix ans tue son fils handicapé.

Solitude : une épouse agresse l'automobiliste qui a pris la place de parking attribuée à son mari invalide.

Solitude : des parents s'adressent aux services sociaux parce qu'ils ne veulent plus s'occuper de leur fils de onze ans, autiste.

Ce sont là des histoires vraies, apparues ces dernières années dans les pages des faits divers. Des histoires où il est difficile de distinguer la victime du bourreau. J'ai pour ma part l'impression de comprendre l'un comme l'autre, car j'ai l'impression d'être l'un comme l'autre. Je me demande au même moment : « Comment ont-ils pu ? » mais aussi : « Comment ont-ils réussi à ne pas s'effondrer plus tôt ? »

Peu après ta naissance, j'ai lu l'interview d'un écrivain qui venait de perdre sa fille atteinte d'un lourd handicap. Il y déclarait qu'il pourrait enfin dormir. La vérité de ces quelques mots m'a heurtée comme une vague, le sel du chagrin mêlé à l'écume du soulagement.

Avoir un enfant invalide signifie être seul. Irrémédiablement, définitivement seul. On ne retourne plus en arrière. On ne sera plus comme avant. On ressemble à ces palmiers que le charançon ronge tout doucement de l'intérieur, les transformant en une enveloppe remplie de sciure. La surface demeure identique, mais il ne reste plus rien sous les arêtes, sous la peau. La solitude se compose de petits points s'ajoutant l'un à l'autre. On ne les remarque pas. C'est l'amie qui continue de vous offrir des chapeaux trop grands pour la tête d'une fillette microcéphale. C'est le cousin qui agite fièrement sous votre nez un jouet en bois que même un adulte aux capacités normales ne réussirait pas à utiliser et qui se vante de l'avoir choisi tout exprès pour votre fille. Des épisodes qui suscitent en vous rage, tendresse, pitié et même un sourire quand vous êtes de bonne humeur.

La vérité, c'est que les vies des autres s'écoulent sans changement. Et cela est en soi une insulte. Vous me direz : « Qu'est-ce que tu veux ? Qui veux-tu blâmer ? » Effectivement. Parce qu'il y aura toujours quelqu'un pour vous raconter combien telles vacances ou tel voyage ont été amusants, qui s'enorgueillira des succès scolaires et sportifs de son enfant. Un point, un autre point, qui creuse, creuse, creuse.

Il y a aussi votre camarade de classe qui tombe enceinte, met au monde un enfant et s'abstient de vous en parler, peut-être par pudeur, pour éviter de vous assener son bonheur comme une gifle. Un autre point. Qui creuse.

Il y a même ces quelques personnes qui vous ont épaulée au début, dont la vie a ensuite poursuivi son cours et qui, au fil du temps, se sont éloignées avec leurs enfants vers des fêtes d'anniversaire et des pique-niques, des compétitions de natation, des campings et des pyjama-parties. C'est la vie qui appelle. Et vous restez là, au poteau, pendant qu'ils vont de l'avant, vous dépassent, vous sèment.

C'est aussi le cas de ceux qui devraient être plus près de vous. Partis, les frères et les sœurs. Partis, les grands-parents, les oncles et tantes, les cousins, les neveux. Le chagrin éloigne, la maladie effraie. Les familles se désagrègent. Partis, partis, partis.

La solitude tient si bien compagnie qu'on cesse bientôt d'avoir peur de quoi que ce soit. Quand la nuit est tombée, que tu cries et que je ne sais plus comment te calmer. Quand j'entends et vois ta souffrance sans parvenir à trouver le remède. Dans ce genre de situations, qu'importe un coup de téléphone qui n'arrive pas ? Une place vide à table ou au lit ? Je peux tout supporter puisque je suis capable d'assister à la souffrance de ma chair. Alors, mourir aussi m'apparaît comme une possibilité.

Juin 2019, dernier jour de classe. Toute la matinée, les cris des adolescents se sont poursuivis dans l'appartement, pénétrant par les fenêtres grandes ouvertes. À l'heure du déjeuner, une véritable explosion : « C'EST FINI ! FINIIII ! » Dans la rue, lancers d'œufs et de farine : « ALLEZ LES MECS ! » Les yeux flamboyants, les joues rougies par la course, les tee-shirts trempés de sueur. Que de beauté s'offrant à un été plein de promesses !

Alors que ces jeunes gens tournent le dos à une année scolaire, je pense avec angoisse à celle qui débutera en septembre, quand, à un peu moins de quatorze ans, tu feras enfin ton entrée au collège, dans cet établissement scolaire que je regarde à présent à travers la fenêtre de la chambre.

Ta classe sera juste en face. En me penchant, il me sera possible de voir les fenêtres derrière lesquelles tu te trouveras. Je pourrai imiter le héros de *Chaos calme*[22], l'homme qui, après la mort de sa femme, passe ses journées dans sa voiture, devant l'école de sa fille, et agite de temps en temps la main à son adresse pour la rassurer par sa présence. Pour te regarder, je n'aurai même pas besoin de dresser la tête : il me suffira de lever légèrement le regard pour croiser le tien. Hélas, tu ne pourras jamais voir le mien, dans cette « proximité » qui est, pour tes yeux, déjà trop éloignée. Si tu avais été une fille comme les autres, nous aurions bien ri de cette école de l'autre côté du trottoir. Nous nous serions peut-être donné rendez-vous à certaines heures pour nous faire coucou de la main ou échanger des messages chiffrés dans un code tout à nous.

Ou alors tu serais peut-être allée dans un autre collège du quartier avec ta meilleure amie de primaire. Le collège doté de casiers, où les élèves vont d'une classe à l'autre selon les matières, comme dans les téléfilms américains. Ou encore dans le collège multiethnique et inclusif, qui possède toutefois un escalier à l'entrée et qui n'est donc peut-être pas aussi inclusif qu'il le prétend.

Le passage de la primaire au collège effraie enfants et parents. Dans notre cas, les peurs sont multipliées par deux : tes camarades de classe adolescents se montreront peut-être féroces, tu n'auras plus deux institutrices mais de nombreux professeurs pour autant de matières, il n'y aura plus de place pour le jeu… Et tu auras une nouvelle éducatrice spécialisée. Comment réagiras-tu à sa voix ? Sera-t-elle jeune ou d'âge mûr ? Expérimentée ou à ses premières armes ? Chaque année est une inconnue. Et si elle avait choisi de se spécialiser dans les problèmes visuels en pensant ainsi éviter des handicaps plus compliqués à gérer ?

Au fil de ces années, toutes mes batailles au nom du droit sacro-saint à la continuité scolaire se sont systématiquement dégonflées devant les mailles insensées de la bureaucratie, les chefs d'établissements indifférents ou impuissants, les mécanismes incompréhensibles des classements, entre rectorat et écoles, professeurs remplaçants et titulaires, demande de transfert ou congés de maternité, liste d'enseignants spécialisés et échelons ordinaires, remplacements temporaires et à l'année… une quantité de variables que j'ai, à un moment donné, renoncé à comprendre.

Ce que je sais, c'est que tu n'as jamais eu deux années de suite la même éducatrice spécialisée ; à chaque début d'année scolaire correspond une période d'appréhension et de nervosité ; enfin, à quelques rares et heureuses exceptions, le premier jour de classe a toujours été pour nous une rude journée.

La veille de ton entrée au collège, par exemple, j'ai appris que la cloche ne sonnerait pas pour toi le lendemain. Ni pour toi, ni pour tous les élèves qui avaient besoin en classe d'un accompagnant municipal. À cause d'un écart stupide des calendriers, le service accordé par la mairie ne débuterait que le lundi suivant. Une mère tigresse aurait tapé du poing sur la table, crié et invectivé. Moi, j'ai passé les coups de téléphone nécessaires, réclamé des informations, écouté des justifications, obtenu des paroles rassurantes et des excuses. Mais que de rage, de frustration, d'amertume derrière ce manque d'attention qui, de fait, niait ton droit à ton « premier jour » ! Ainsi, alors que tes camarades commenceraient à sympathiser entre eux, à connaître leurs nouveaux professeurs, à se familiariser avec la cour, la salle de classe, la cantine, tu attendrais une semaine pour te présenter, en fin de matinée, après ta séance de kinésithérapie, comme un martien débarquant après le début de la fête.

Le fait d'habiter en face du collège, d'entendre les cris et les appels des adolescents ainsi que la sonnerie de 8 heures, a été le couteau moqueur remué dans la plaie du premier jour raté.

Tu as mal et peu dormi dans la nuit de dimanche à lundi, tu t'es arraché les cheveux. Tu percevais probablement la tension accumulée à la maison en ces jours d'attente et de déceptions. Au matin, ton lit était rempli de cheveux et tu en avais aussi un certain nombre, noués à tes doigts.

Enfin, le lundi est arrivé, tu es allée de bonne heure chez le kiné avec ta nounou pendant que je vous attendais à la maison, en proie à une anxiété inconsidérée. Je m'apprêtais à descendre pour vous accompagner, quand l'incident a eu lieu. Cela n'a duré qu'un instant, un écart entre cerveau et muscle, et mon corps a lâché. Abasourdie, incrédule, j'ai découvert ma culotte souillée : je m'étais chié dessus. La rage réprimée, la frustration, la peur d'échouer : tout était là, dans cette pauvre, misérable tache de merde.

Vingt et un

À la piscine, en apesanteur, ton corps perd lentement sa rigidité. À la surface de l'eau, tu rejettes ta tête en arrière et te libères de ton bonnet. Tu aimes la sensation de fraîcheur dans ton cou, tu aimes te mouiller les cheveux. Nos corps deviennent enfin un tout. Je te serre dans une étreinte qui t'enveloppe complètement. Une étreinte sphérique. Disparu, le dossier de la chaise qui m'empêche de toucher ta colonne vertébrale ; la position verticale me permet de me coller à toi, de sentir tes jambes, des pieds jusqu'aux hanches, puis ton bassin, ton estomac, ton sternum et, plus haut, ton visage. Je peux te donner mille baisers mouillés. Enfin, tu possèdes simultanément un dessus et un dessous, un devant et un derrière. La piscine nous offre une détente, tout s'allège, l'absence de poids nous rend euphoriques.

Il faudrait pouvoir se plonger chaque jour dans une pièce d'eau et annuler, un moment, le poids de la vie dans une étreinte. Puis gravir l'échelle, se sécher, remettre son fardeau sur les épaules. Une citation attribuée à Charles Bukowski affirme la chose suivante – Dans un câlin, vous pouvez tout faire : sourire et pleurer, renaître et mourir. Ou rester immobile et trembler intérieurement, comme si c'était le dernier.

Quand on a la chance de jouir d'une bonne santé, on n'a guère le temps de s'attarder sur son corps et sur sa relation avec l'extérieur : si nos organes fonctionnent, nous pouvons manger, marcher, faire l'amour… Nous tenons pour acquis notre état, notre être, notre réalité.

Juste après ta naissance, j'ai compris que mon corps aurait besoin tout autant que le tien d'entretien et de soins. Lorsqu'on a un enfant handicapé, il est nécessaire de posséder une bonne constitution physique, raison pour laquelle les mamans d'enfants particuliers espèrent être toujours en bonne santé. Pour toi qui ne tiens pas ton buste et ta tête, qui ne peux même pas être assise sans soutien, qui n'utilises ni tes bras ni tes mains, qui n'arrives pas à appuyer, attraper, ouvrir et fermer les doigts, la position à plat ventre est la seule position autonome possible. Les autres enfants cessent à un moment donné d'être allongés, de téter, de faire pipi dans leurs couches ; leurs parents se séparent des tables à langer et des chauffe-biberons, se libèrent avec soulagement des barrières de lit, des poussettes et des transats de bain, arrêtent de dépenser des fortunes en paquets géants de lingettes et en sérum physiologique monodose. Pour nous, en revanche, les années de l'assistance ne prennent jamais fin.

Bien que tu aies toujours été en sous-poids pour ton âge, tu as commencé un beau jour à peser trop lourd pour mon dos. Je devais entraîner mes muscles et huiler mes articulations de façon à éviter les lumbagos. Et donc faire un peu de gymnastique, continuer de fréquenter mon cours de danse contemporaine. Quand tu étais plus petite et plus insomnieuse qu'aujourd'hui, tu m'as souvent tenu compagnie pendant les exercices du matin, tandis que le jour se levait et que la radio diffusait les premières émissions de la journée. Je me levais déjà fatiguée, après avoir passé la nuit les yeux ouverts et les oreilles tendues, alors que – très réveillée – tu m'observais avec curiosité en riant de mon essoufflement.

Au cours de danse, je n'éteignais pas mon téléphone et, pendant les enchaînements, je jetais un coup d'œil à l'écran qui s'éclairait, posé en bonne vue contre le mur. Je recevais en temps réel des nouvelles de tes repas et de tes cacas, parfois des messages de malaise qui m'obligeaient à rentrer précipitamment. Le professeur comprenait ; je ne me détendais jamais à fond, mais il m'arrivait de vivre des moments d'immersion totale dans la joie du mouvement et dans le plaisir du partage avec mes camarades de cours. Le diagnostic – annoncé par une douleur dans le dos, au retour, justement, d'une leçon – a mis également fin à ces petits espaces de liberté. J'avais tout misé sur mon corps, entraîné par de nombreuses années de pratique, afin qu'il fût mon allié dans les soins que je te portais, et je n'étais pas préparée à assister à son lent et progressif déclin.

L'urgence de la maladie vous prive de forces, vous met provisoirement à l'abri de l'action, de la vie. Puis il y a le temps dilaté des traitements, pendant lesquels vous ne poursuivez qu'un objectif : vous battre pour vaincre la maladie. Mais, au bout d'un moment, quand vous êtes encore en vie, vous commencez à vous interroger sur la vie qui vous reste.

« Madame, vous allez très bien ! », disent les oncologues. J'essaie de répliquer faiblement : « Je ne vais pas bien. » J'essaie d'expliquer pourquoi, je dresse une liste hâtive des effets secondaires de la thérapie antihormonale. Je ne me rappelle plus le nom des gens, j'ai l'impression que tout ce que j'ai appris au long d'une existence passée dans les livres s'évapore littéralement, je ne trouve pas mes mots en public, je bégaie, j'hésite, je me dérobe, je m'emploie à me rendre invisible… Les médecins me regardent avec un agacement mal dissimulé, comme s'ils avaient affaire au caprice d'une enfant gâtée. Je m'en suis sortie et je me plains d'un ongle incarné ? Je m'efforce moi-même de minimiser, comme si la qualité de la vie était un luxe auquel on peut bien renoncer lorsqu'on a la chance d'avoir encore une vie.

Patrizia Cavalli[23] l'a dit : « La maladie m'a privée de forces, les traitements m'ont privée de mémoire[24]. » Je reconnais dans son affirmation lapidaire le désespoir de la perte : sans mémoire, il n'y a pas d'écriture. Pas de travail, pas de vie.

De longs mois s'écoulent dans un état de latence, des mois qui se changent en années, trois années au cours desquelles la fragilité s'ancre en moi. Accepter qu'il en sera ainsi pour toujours : tel est le point d'où repartir pour imaginer un avenir.

Si je n'arrive plus à lui consacrer des écrits, à en parler publiquement, à l'analyser comme avant, j'essaie de retrouver la danse du corps en repartant de zéro. Pieds parallèles, jambes légèrement écartées. Réapprendre une langue que je connaissais très bien et que j'ai oubliée.

Mais aujourd'hui je ne me reconnais pas dans le reflet que la glace me renvoie. Mon corps ne parvient plus à faire ce qu'il faisait avant. Il se fatigue, ralentit, réclame du repos. Durant toute une année, après mon opération au sein, le simple geste de lever le bras pour prendre les assiettes sur l'égouttoir mural m'a été impossible.

Quand une partie de notre corps est douloureuse, nous essayons d'éviter qu'on l'approche, et il en va parfois de même pour notre âme : nous essayons d'éviter qu'on nous touche.

Puisque la maladie altère le soi, ai-je commencé à devenir une autre à ce moment-là ? Pour éviter qu'on me touche, j'ai peut-être appris à relever la barre de l'exaspération. J'ai cessé d'aborder de front le moindre événement quotidien, et mon indignation s'est effacée devant l'acceptation de la réalité. Lorsque le monte-escalier de l'école est cassé, inutile de m'énerver en constatant que la surveillante feint l'indifférence pour éviter de m'aider à monter les marches ; si l'éducatrice spécialisée accumule les jours de congé, eh bien une autre éducatrice s'occupera de toi et si cela non plus n'est pas possible, je modifierai le planning de l'aide à domicile, je viendrai te chercher à l'école en avance… ou alors on verra. Ce n'est pas si grave ! Il y a toujours une solution. J'ai même cessé de me mettre en colère devant les voitures garées sur les rampes, les matelas jetés près des poubelles qui nous barrent le chemin, les pavés disjoints et les nids-de-poule qui abîment ton fauteuil roulant, nous laissant en panne au feu de circulation…

J'ai compris désormais que je ne serai plus comme avant, mais aujourd'hui je chante « C'est moi » en mon for intérieur en empruntant les paroles d'une chanson tant aimée. Je répète « *Sono io*[25] » en abattant la paume de ma main droite sur ma poitrine, tout en veillant à ne pas toucher la chambre implantable percutanée, un cathéter veineux central qu'on a récemment placé dans ma veine sous-clavière et que je ne parviens pas encore à inclure dans mon passeport de patiente.

La thérapie antihormonale a cessé de marcher au bout de trois ans. Alors me voici dans un lit d'hôpital de jour en oncologie, dans une position que j'avais imaginée mille fois, reliée à une perfusion. L'image du corps malade que j'aurais voulu ne jamais incarner. Docétaxel, Pertuzumab, Trastuzumab, ainsi que divers autres médicaments, s'y fraient un chemin lentement, goutte à goutte, pour un total de sept heures. C'est ma première séance de chimio. Le personnel est très gentil. Ma camarade de chambre – une dame âgée dont le visage présente cette couleur brune qu'affichait celui de papa la nuit où il est mort – et moi sommes gelées, parce que le chauffage est en panne ; l'infirmière allume un petit radiateur, qu'elle branche à une multiprise sur laquelle est écrit son nom – elle l'a apportée de chez elle. Il ne marche pas non plus. Nous nous couvrons de nos parkas. Toujours prévoyante, j'ai fourré une grande écharpe en laine dans mon sac pour l'occasion. Je me suis bien organisée : des crackers, un livre, plusieurs podcasts téléchargés, ma liseuse… Comme si je devais entreprendre un long voyage.

Les jours suivants, la toxicité de ce poison envahit toutes les fibres de mon corps, le secouant de l'intérieur. Chaque jour je découvre un ou deux effets secondaires, si bien que j'en expérimente un bon nombre, qu'ils soient nouveaux et inattendus, ou récurrents. Difficile de concevoir que ce poison soit mon armée alliée, ma troupe de méharistes qui s'arme jusqu'aux dents et part à l'attaque. Encore une autre guerre ? Je m'en serais bien passée.

Mon corps se rebelle, s'insurge.

Deux semaines après la première séance, je commence à perdre mes cheveux. Je m'y étais préparée avec une large avance : après ma consultation chez l'oncologue, qui m'avait annoncé le passage à la nouvelle thérapie, j'avais téléphoné à mon coiffeur, et le lendemain j'étais déjà assise dans son fauteuil. Une belle coupe courte. En l'espace d'une demi-heure mes mèches d'un « blond Rome-Nord » étaient tombées sous ses coups de ciseaux et rassemblées à mes pieds. Du reste, je ne les aimais pas du tout. Après quoi j'étais allée acheter deux turbans en compagnie de mon amie Giò et je m'étais constitué une bonne collection de bonnets et de foulards. J'avais établi dès le début que je ne porterais pas de perruque.

Mais on a beau se préparer, on n'arrive pas toujours à prévoir ses propres réactions. J'ai eu un choc en découvrant mes mains pleines de cheveux. Et, une fois encore, l'expérience de ta personne, de tes cheveux que je t'ai souvent fait couper très court, est venue à mon secours. Tout le monde déplorait ma décision, on te prenait souvent pour un garçon, on m'a même accusée d'ajouter une humiliation à l'humiliation : non seulement tu étais handicapée, mais il fallait aussi que je te rase la tête ! Rares étaient ceux qui connaissaient la vérité : je voulais éviter que tu ne t'arraches les cheveux, ce que tu fais lorsque tu es nerveuse, surtout la nuit. Je ne l'ai jamais supporté et, chaque fois que cela se produit, je menace de t'emmener chez le coiffeur et de t'infliger une nouvelle coupe. Mais, quand ils sont longs, tes cheveux sont magnifiques, d'un blond cendré identique à celui que j'arborais à ton âge et un peu ondulés, comme ceux de ton père, lequel possédait dans sa jeunesse une tignasse de boucles sombres.

Or, le jour même où je me tourmentais pour les plaques pelées sur ma tête, tu es rentrée de classe couverte de poux. Voilà pourquoi, hier, tu n'arrêtais pas de te toucher la tempe droite ! C'était l'endroit où tu en avais le plus et cela te démangeait probablement. Comme d'habitude, tu avais essayé de communiquer ton mal-être et je n'avais pas compris : je pensais que tu avais mal à l'oreille et je t'ai même mis du collyre contre les otites. Je peux juste dire à ma décharge que, malgré les nombreuses alertes retransmises au fil des ans dans les groupes de discussion de parents, tu n'avais jamais attrapé de poux. Y avait-il meilleur moment pour détourner l'attention de ma tête vers la tienne ? Évidemment, je dois me fier davantage à la capacité de communication de nos corps, au lien qui nous unit et qui se ménage parfois de mystérieux sentiers pour se manifester.

Voilà, cet épisode est comme une porte s'ouvrant à la connaissance : longtemps, j'ai pensé que ma maladie était incompatible avec la tienne, que nos corps malades ne pouvaient pas cohabiter et, surtout, qu'ils ne pouvaient pas se parler. Or la communication continue de passer à travers le corps, y compris quand il est malade. Ou plutôt, j'ose le dire, en vertu de sa maladie.

Je suis mon corps, qui accumule marques, blessures, cicatrices. Corps qui est mon sceau, texte qui parle de moi. Dans la maladie je révèle tout mon être. Dans la maladie je me développe, je pousse comme une fleur, je trouve ma vraie vie, aurait écrit Franz Kafka[26]. Le corps m'inspire, me guide, m'apprend. Je dois croire en lui – quel qu'il soit. Ce n'est qu'en retrouvant ma confiance en lui que je pourrai l'exposer à tes assauts. Te laisser m'envahir, sans crainte.

Je cherche du réconfort et des confirmations dans les pages des livres dont les auteurs ont vécu l'expérience qui consiste à s'inoculer un poison en guise de traitement, et réussi à traduire les faits par des mots. « Je ne suis rien d'autre que le traitement que je prends, écrivait Severino Cesari[27]. Et je ne suis pas seul quand je le prends. Le traitement présuppose l'exercice quotidien de l'amour. Il n'y a pas d'autre vie que celle-ci à présent, cette vie merveilleuse qui permet une autre vie. » Oui, il en est ainsi : le traitement est la seule vie possible pour moi en ce moment.

29 novembre 2016

À l'école, devoir de CE2 après ton hospitalisation.
Titre : Daria est enfin revenue en classe.
Orlando : « Quand Daria est présente la classe est plus joyeuse et plus souriante. Quand tu es là, nous pensons mieux, avec plus d'imagination et de talent. Tu ouvres notre imagination. »

Vingt-deux

Le jour où j'ai compris que tu avais un faible pour un garçon de ta classe, je t'ai dit à l'oreille que, au même âge que le tien, j'avais été amoureuse d'un garçon portant justement ce prénom. Nous étions enlacées sur le canapé, le lieu de nos câlins du soir. Tu m'as souri et, de ta voix sans paroles, tu as commenté la nouvelle par une modulation de sons si articulée que j'en ai été stupéfaite. Comme si tu avais parfaitement compris ce que je te confiais. À cet instant précis, j'ai eu la certitude que nous communiquions vraiment, d'une façon que je suis incapable d'expliquer, qui n'emprunte pas le langage verbal (du moins pour toi), mais jaillit directement et remplit tous les sens.

Plus de trente ans se sont écoulés depuis que Paolo s'est envolé avec sa planche à voile par un matin gris de la fin octobre. Il avait voulu sortir à tout prix, bien que ce ne fût pas la saison, contre la volonté de sa mère qui refusait de lui laisser les clefs de sa voiture. « Dans ce cas, je brûlerai ta fourrure ! », avait-il répliqué sur un ton de défi. Il avait parcouru avec un ami les quelques kilomètres qui le séparaient du port, poussé par ce désir de mordre la vie à pleines dents, un désir qui m'attirait comme un aimant, moi qui étais si calme et si posée, si étrangère à ses élans d'enthousiasme, à ses coups de tête, à son ironie fulgurante. Moi qui étais née déjà vieille, lui qui ne deviendrait jamais vieux.

Mourir à vingt et un ans. Se changer en modèle de beauté, de perfection. La perfection que seule la mort peut offrir.

Maintenant que ce petit secret nous a rendues complices, je peux enfin te parler de Paolo et moi. Je te montre la seule photo où nous figurons ensemble, j'ai quinze ans, lui un an de plus. Ce cliché en couleurs a été pris à notre insu lors d'une excursion à la campagne, un lundi de Pâques, *lu Pascone*, comme on l'appelle chez nous. Je suis assise sur la pelouse dans la position du Bouddha, Paolo allongé, la tête posée dans le creux que forment mes jambes. La main levée vers mon visage, il effleure ma joue d'une caresse. Quelques jours plus tard, l'auteur de la photo m'avait arrêtée dans la grand-rue pour m'offrir ce cliché. « On se croirait dans *La Boum*[28] », avait-il dit et, dès lors, ce surnom ne nous avait plus quittés. Je suis certaine que Paolo s'en moquait avec ses copains – ils préféraient *Mes chers amis*[29] aux films sentimentaux d'adolescents, que moi j'adorais. À l'époque, je lisais *Autant en emporte le vent*, un autre des surnoms dont m'avait affublée un membre de son groupe après avoir vu ce livre entre mes mains et parce que j'évoquais par ma minceur un roseau habillé, qu'une grosse rafale de vent aurait pu soulever de terre et faire virevolter dans le ciel. Cette photo, qui immortalisait apparemment un moment de tendresse et de douceur, saisissait en réalité l'instant qui avait suivi une dispute. J'avais découvert que Paolo et ses copains avaient fumé un joint dans un coin et, une fois en tête à tête, je n'avais pas raté l'occasion de le lui reprocher : « Pourquoi tu fais ça ? C'est dangereux. C'est mauvais pour ta santé ! », avant de dévider tout mon répertoire de reproches et de récriminations. Or, Paolo m'avait souri, il m'avait caressée, me rassurant par sa légèreté qui, je l'ai compris plus tard, n'avait rien à voir avec de la superficialité ou de l'insouciance. Elle traduisait son envie de vivre, de goûter à tout ce qui était possible dans le bref laps de temps que le destin lui avait octroyé. Il devait fumer, même si ce n'était pas bon pour lui. Il devait sécher les cours chaque fois qu'il en avait envie. Il devait baiser, même si je n'étais pas prête. Il devait conduire, y compris sans permis. Il devait bronzer à la lampe à UV, porter une boucle d'oreille, s'épiler le torse, avaler des pilules pour augmenter sa masse musculaire, fumer des pétards. Et, puisque – comme d'habitude – je me gardais de l'approuver, il trouvait toujours quelqu'un, garçon ou fille, pour partager, tout content, cette expérience avec lui. Paolo ne pouvait pas m'attendre parce qu'il n'en avait pas le temps. Il devait goûter à tout sur-le-champ. Moi, je deviendrais adulte, alors qu'il aurait toujours vingt et un ans dans la mémoire d'une ville entière.

Sa perte est l'un des traumatismes, peut-être le premier véritable traumatisme, qui a fait de moi celle que je suis. Quoi qu'il arrive, je survivrai, je le sais, parce que j'ai survécu à cette perte.

Paolo est encore vivant en moi : vivant est son sourire, vivants sont ses magnifiques yeux verts, vivant est le battement accéléré de mon cœur chaque fois que je le voyais, que nous fussions ensemble ou séparés, qu'il fût seul ou avec l'une de ses dernières conquêtes. Quand votre premier amour meurt, il devient inévitablement éternel. Paolo a été ma première fois : mon premier amour, mon premier chagrin, et, étrangement, il y a dans les deux cas une déchirure. Quelque chose qui s'est brisé, la première rupture. Savais-je qu'il y en aurait d'autres ? Oui, je le savais. Savais-je que je continuerais de vivre ? Non, mais je l'ai appris au fil du temps et j'ai continué de ne pas mourir.

Maintenant, chaque fois que je vais au cimetière, je prononce à deux reprises mon vieux salut aux tombes, celui que je n'ai pas cessé de murmurer au cours de ces trente-cinq années – Salut Pa' – et que je répète aussi dans le froid de la chapelle où repose papi Franco. Salut p'pa.

Je me demande ce que tu as compris aux quelques mots hésitants au moyen desquels je t'ai appris que ton grand-père adoré n'était plus là. J'ai attendu plusieurs jours avant de t'annoncer la nouvelle. J'ai eu besoin de temps pour être à même d'aligner quelques phrases sans me laisser emporter par les larmes. Comment m'y prendre pour te faire part d'un événement aussi douloureux que définitif ? J'ai suivi un conseil : imaginer un cadeau, quelque chose de réel, un « lieu physique » qui puisse représenter ton grand-père pour toi, que tu puisses toucher, auquel tu puisses t'adresser. J'ai opté pour un petit coussin en forme d'étoile, commandé sur Internet, sur lequel son portrait a été imprimé. C'est la photo que nous avons exposée à l'église et au cimetière : une photo de groupe, prise au téléphone portable à l'occasion de ses quatre-vingts ans, devant le gâteau d'anniversaire.

Papa l'a agrandie afin d'obtenir un premier plan et a utilisé Photoshop pour effacer ma main posée sur son épaule. Chaque fois que je regarde ce cliché – papa l'a imprimé en plusieurs exemplaires à l'intention des membres de la famille –, je pense à la mort qui a arraché papi à notre étreinte, l'isolant et le figeant à jamais dans cette expression souriante, gaie. Lui, au centre d'un groupe de femmes, « ses » femmes, souverain indiscuté d'une cour entièrement féminine : épouse, deux filles et trois petites-filles.

Toi, la *petiote* de la maison, tu avais mis du temps à établir une relation avec lui, mais tu l'avais peu à peu séduit. Au début, il ne se souciait guère de toi. Durant tes premières années de vie, tu avais surtout besoin qu'on satisfasse tes besoins élémentaires, et papi n'était pas habitué à s'occuper d'un enfant. Mais quand tu as commencé à communiquer à ta façon, par des rires et des petits cris, l'amour est né entre vous. « Papi » était le mot magique qui provoquait tes rires et tes cris, qui t'amenait à redresser le dos et lever la tête. Vos conversations, y compris à distance, étaient un vrai plaisir. Il y avait, dans sa façon de s'adresser à toi, quelque chose d'instinctif qui m'a toujours fascinée. Il ignorait tout des stratégies de communication alternative, mais le corps de sa voix captivait ton attention et, maintenant que j'y pense, sa voix a longtemps été la seule voix d'homme, en dehors de celle de papa, que tu aies non seulement tolérée, mais aussi adorée inconditionnellement. *Meravigliosa*[30], te chantait-il en entonnant l'air de Modugno, qui est entré tout droit dans ta playlist comme « la chanson de papi », dans la version de Negramaro.

Puis tout est arrivé subitement. Un jour, comme l'a écrit Joan Didion[31], vous vous asseyez à table et votre vie n'est plus la même. Un autre deuil, un autre traumatisme.

Salut Pa'. Salut p'pa.

Vingt-trois

J'ai l'impression d'avoir un cœur de pierre. Dur, indestructible. Cela fait trois mois et demi – depuis que j'ai commencé la chimiothérapie – que je pense à ma mort, à la façon de tout organiser pour que rien ne s'effondre quand je ne serai plus là. Je passe mes journées à m'informer sur le trust et « l'après », à interroger des avocats à propos des parts légales et des ascendants, à mettre au point mes directives anticipées. Si papa et moi devions mourir tous les deux dans un accident, ton état de handicap impliquerait l'intervention d'un juge des tutelles. Je pense à tout cela avec une froideur qui m'effraie. Comme si ce n'étaient pas mes oignons, dirait-on à Naples.

Je te l'ai dit, j'ai un cœur de pierre. Je sens que rien ne me touche. Et que je ne m'écarterais pas d'un millimètre de cet état d'esprit, pas même si une catastrophe se produisait. Peut-être y a-t-il déjà eu trop de catastrophes, justement, alors je n'ai plus peur de rien. Je me sens condamnée.

Les gens évoquent souvent devant moi la volonté de guérir. « Tu dois mobiliser ton mental », ne cesse de répéter aux malades du cancer le personnage du prêtre dans la série télévisée de Mattia Torre *La linea verticale*[32]. Ces derniers temps, ces mots suscitent en moi un mouvement d'agacement. Je me tais par politesse, mais j'aimerais envoyer tout le monde se faire voir. Je n'y crois pas. Cela signifie-t-il que Mattia, Luca, Michele, Roberta, Lucien, Angela, Paolo et mille autres n'ont pas guéri parce qu'ils se sont abstenus de mobiliser leur mental ? Voyons ! Si une tumeur s'est techniquement installée dans votre corps et a été qualifiée de métastasique, vous avez beau mobiliser votre mental, vous ne pouvez pas la déloger. Vous avez une rémission, puis le cancer revient et vous flingue ailleurs. Ce n'est qu'une question de temps.

Ces dernières semaines, j'ai arrêté de téléphoner et de répondre aux appels. Je n'ai pas envie de parler. Je n'ai pas grand-chose à dire : « J'ai la nausée » ou « Mes yeux pleurent », ou encore « Mes ongles de pieds sont tous tombés ». Comment exprimer la fatigue, l'impatience, l'exaspération des jours de maladie, identiques et différents, longs ? Ma rage envers les poisons du traitement, qui humilient mon corps en lui ôtant le peu de beauté qu'il possède encore ? Je suis laide, très laide. Mes yeux sont bouffis et ne cessent de pleurer. J'ai la peau sèche. Une diarrhée permanente. Le teint grisâtre des gens malades, des cernes noirs. Mon corps me dégoûte. Son enveloppe s'émiette, son centre durcit.

« Quand c'est possible, je m'abstiens même de prendre une douche pour éviter de sentir le contact de mes mains sur ma peau », dis-je un soir à mon amie Martina sur WhatsApp. Le lendemain, un paquet arrive chez moi pendant que je suis mon traitement à l'hôpital. Bizarre, je n'ai rien commandé, me semble-t-il. Je demande à papa de l'ouvrir. Peu après je reçois la photo de deux éponges pour la douche. Sur le paquet, les formes sinueuses d'un corps féminin. Martina...

Enfermée dans ma coquille, j'ai du mal à trouver un peu de douceur, y compris pour toi. Je te regarde peu, te touche encore moins. T'en es-tu aperçue ? Est-ce pour cela que tu m'en veux ? Pardon. J'ai mis de la distance entre le reste du monde et moi. Et tu as échoué dans ce reste. Je n'éprouve rien. Ni souffrance ni peur. Peut-être uniquement du regret pour ce que j'aurais pu faire et que je n'ai pas fait. Pour le peu que j'ai vécu. Et maintenant me voici. Ma vie est derrière moi. Devant moi je ne vois rien. Que deviendront tous ces livres ? Qui les lira ? Pas toi.

Ne pas réussir à parler. Mais aussi ne plus vouloir écouter. Marre des mots de réconfort, marre de la commisération, marre des discours de motivation. Marre de toute cette empathie et même de ce « Allez, on s'ressaisit[33] ».

Silence. Et dans le silence, puisque j'ai un cœur de pierre, retrouver les mots écrits. Des livres qui m'attendaient depuis longtemps et qui sont venus vers moi, sans que j'aie eu l'intention de les lire. Il me suffit de les ouvrir pour plonger dans des histoires de maladie et de deuil. Tout le monde, dans l'état qui est le mien, éviterait les histoires de souffrance et de chagrin. D'ailleurs, c'est ce que mes amies me suggèrent lorsque je mentionne les titres en question. « Tu es folle ? Laisse tomber ! » « Lis quelque chose de plus gai. » « Ne sois pas masochiste. » Or j'emporte ces histoires à l'hôpital, je les dévore durant les nuits blanches que me vaut la cortisone. Et j'arrive enfin à pleurer. Je pleure pour Jude, je pleure pour Juliette et pour Étienne : si je ne parviens pas à pleurer pour moi, je suis capable de le faire pour une vie comme tant d'autres[34], ou pour des vies qui ne sont pas la mienne mais qui, sous certains aspects, lui ressemblent beaucoup. Les voici, les mots que je cherchais, les seuls qui puissent toucher la pierre de mon cœur, créer un écho, produire une résonance. Des larmes s'ajoutent à celles qui coulent sans cesse, follement, de mes yeux.

Je suis frappée, dans le livre d'Emmanuel Carrère, par la théorie qu'a élaborée le psychanalyste Pierre Cazenave, qui se définissait comme un « cancéreux ». Il dit : « Quand on m'a annoncé mon cancer, j'ai compris que je l'avais toujours eu. C'était mon identité[35]. » À partir de cette sensation, Cazenave en vient à affirmer – en s'appuyant sur certains de ses patients « cancéreux » – qu'il existe des individus chez qui le cancer n'est pas un accident, mais l'expression extrême d'une infélicité préexistante. Une chose qui fait partie de leur identité et qui vient de très loin, de l'enfance, de la certitude de n'avoir jamais vraiment existé, de n'avoir jamais vraiment vécu. Parfois, cette maladie infantile demeure latente pendant des années, avant de se manifester subitement. Ceux qui en sont affectés la reconnaissent sur-le-champ.

Cette lecture me ramène en arrière dans le temps, à un jour de mon adolescence où, fouillant un tiroir dans la chambre de mes parents, je suis tombée sur un certificat d'interruption de grossesse. J'étais encore jeune et cette découverte m'a bouleversée en me laissant la nette impression que mon existence était peut-être le fruit d'un pur hasard. C'est peut-être là que s'est formée pour la première fois, dans mon esprit, l'idée de la précarité de la vie : pile ou face, naître ou ne pas naître.

Et de nouveau je pense à Paolo. Mon rêve d'amour brisé. À cette occasion déjà – j'avais vingt ans –, j'ai eu la certitude que sa mort serait une déchirure dont je ne sortirais pas indemne. Quelque chose se brisait et ne se recomposerait jamais plus. Comment ai-je pu continuer à vivre ? En vivant au jour le jour.

Et de nouveau, je pense à ta naissance. Mon rêve de mère brisé. La certitude que ta naissance déchirait une chose qui avait déjà été déchirée. Comme une plaie suturée que le chirurgien incise une seconde fois à l'aide d'un bistouri aiguisé. Et qu'il rouvre. J'ai continué de vivre. Un jour, un autre jour, un jour de plus. Tout le monde est capable de vivre un jour de plus.

Voilà pourquoi tomber malade ne m'a pas vraiment surprise. Cette blessure, cette lésion dans le dos, ce nodule au sein étaient là depuis très longtemps. Cette tumeur, c'est moi, c'est mon identité. Je me reconnais en elle et je vis enfin.

Ce matin, j'ai fait une chute devant le laboratoire d'analyses médicales. Comme ça, tout simplement, tête baissée. J'ai trébuché, effectué trois ou quatre pas, le poids de mon corps totalement déséquilibré vers l'avant et je me suis écrasée sur le sol en essayant de me protéger le visage. Tandis que mes pieds continuaient d'ébaucher un pas – quelques secondes, dilatées comme dans une séquence au ralenti –, mon esprit était persuadé que mes jambes tiendraient le coup et que je retrouverais mon équilibre. Quelle stupeur, quelle sensation d'impuissance quand je me suis effondrée, consciente de mon échec !

La métaphore de la chute scelle ma nature cancéreuse : je tombe de nouveau, je retombe, je heurte le sol là où j'avais déjà un bleu. La suture se rouvre, ce qui était déchiré depuis longtemps se rompt encore.

Vingt-quatre

Le 30 août 2019, ta vie s'est brisée. C'est l'expression qu'on utilise dans ma région pour saluer l'arrivée des règles. *Ta vie s'est brisée.* Tu avais presque quatorze ans, tu es devenue une femme et je n'étais pas là. J'étais sûre que cela arriverait en mon absence. La semaine précédente, alors que nous étions tous réunis au bord de la mer chez papi et mamie, tu avais manifesté un certain agacement : tu n'arrêtais pas de grincer des dents, tu bavais énormément, ton visage se contractait en des grimaces de douleur. Au début, j'ai cru que tu avais mal aux dents, cela s'était déjà produit plusieurs fois. Comme toujours, avec toi, il convient d'avancer par tentatives. Nos conversations sur ton état de santé sont ponctuées de conjectures et d'hypothèses. Tel un petit groupe d'élus – papa, ta nounou et moi –, à la fois rhabdomanciens et détectives privés. Nous réunissons des indices, nous nous exaltons sous l'effet d'une intuition qui nous convainc pleinement avant de se révéler erronée. Cette fois, pourtant, j'avais deviné qu'il s'agissait d'une gêne nouvelle, et tu me l'avais laissé entendre quand, à ma prière insistante de toucher l'endroit qui te faisait mal, tu as abattu plusieurs fois ton poing sur ton ventre, y compris dans des positions, des situations et des moments différents de la journée, parce qu'il faut toujours, avec toi, procéder par des essais. Tu avais sans doute des élancements, un syndrome prémenstruel classique. Et, en effet, le jour qui a précédé le retour de nos brèves vacances, papa et moi avons reçu la nouvelle fatidique, accompagnée d'une preuve photographique sans appel de ta « vie brisée ».

Je venais d'avoir quatorze ans lorsque cela m'était arrivé, à moi, après toutes mes camarades de troisième. Je me rappelle l'euphorie qu'avait suscitée en moi cet événement si attendu qui me donnait enfin le sentiment d'être identique aux autres, mais aussi ma honte face au plateau de pâtisseries que ma mère avait acheté pour célébrer l'occasion selon un usage issu de je ne sais quel héritage populaire.

J'avais pris l'habitude de noter ponctuellement le début de chaque cycle sur un petit bloc de papier blanc, contenu dans un étui doré muni d'un minuscule stylo. Un objet renfermant, mois après mois, année après année, le rythme de ma fertilité. Trente-cinq années, de mes quatorze ans à mes quarante-neuf ans, âge auquel la thérapie antihormonale m'a catapultée en l'espace d'un mois dans une ménopause forcée.

Je conserve au fond d'un tiroir ce vestige, un objet qui avait déjà l'air vieux à l'époque. À présent, je dois penser à d'autres échéances et les noter sur d'autres supports. Une nouvelle note dans le calendrier de mon téléphone portable, « cycle daria », s'ajoute aux rendez-vous périodiques à ne pas oublier : « kiné », « remplacement bouton daria », « demande fourniture couches », « renouvellement certificat nutrition », « HJ neurologie », « contrôle orthopédique », « RX bassin et colonne »... Mon agenda t'est consacré, mon portefeuille abrite ma carte d'identité et la tienne, ma carte d'assurance maladie et la tienne, mon certificat d'invalidité et le tien. Dans mon ordinateur, mes comptes rendus médicaux et les tiens. Plus le temps passe, plus nous nous ressemblons. Il se peut que mes rêves de double ne parlent pas de deux Daria, mais de toi et moi. Je suis ta mère, je suis ton frère avorté, je suis ta jumelle jamais née.

27 novembre 2019

Aujourd'hui tu as quatorze ans.
Cecilia, ta meilleure amie, t'a offert un album de photos à moitié rempli de clichés qui vous montrent ensemble, depuis le CP.
Il est accompagné de ces mots :

Tu es pour moi la lumière dans les moments d'obscurité,
tu es la lune dans la nuit, tu es mon étoile polaire.
Toi et moi, nous sommes au-delà des autres et de tout.
To be continued.

Vingt-cinq

Cinq heures du matin. Assise à la table de la salle à manger, la tête entre les mains, je m'abandonne enfin aux larmes. Alors que toute la maison dort, j'espère peut-être que quelqu'un m'entendra, que tu te réveilleras, que papa viendra me prendre dans ses bras pour me réconforter. Je suis épuisée. Après une énième nuit sans sommeil, persécutée par la nausée, je me sens à bout de forces. C'est trop dur pour moi. Et la pensée que d'autres séances de chimio m'attendent m'est intolérable, je pense que je ne les supporterai pas. Un cachet de Plasil et cette crise de larmes me soulagent un peu. J'interroge mon corps si mal en point, je lui demande si je peux encore compter sur lui. Je déroule mon tapis et m'allonge par terre. Des douleurs partout. Petits mouvements du dos, comme une vague du bas vers le haut, et retour. Ma respiration s'apaise, elle devient plus régulière. Je pose les mains sur mon ventre pour protéger, contenir, réchauffer mes entrailles en révolte.

Mon corps m'a trahie et je lui en veux. Sa fragilité est désormais ancrée en moi, et chaque fois qu'elle se manifeste, fût-ce sous la forme d'un petit signal, l'humiliation de cette trahison se ravive, comme la braise qui redevient flamme. Tel est à présent mon sentiment le plus vif, le rappel de blessures et d'insultes récentes, si douloureuses qu'elles brouillent les souvenirs qui les ont précédées. Je cherche en moi les traces d'expériences passées, je tourne lentement poignets et chevilles, j'essaie d'étirer les mains et les pieds. Mais mes doigts sont engourdis, froids, insensibles. Mon intention ne produit aucun étirement, elle ne trouve pas la place nécessaire pour se prolonger à l'extérieur et franchir les frontières de la peau.

Le temps qui s'écoule, les souvenirs, le corps qui change, la mémoire, la vieillesse, la perte… tout cela résonne profondément en moi. Et tandis que je suis là, allongée, incapable de bouger, je repense à un spectacle d'Olivier Dubois, auquel j'ai assisté il y a quelques années, *Pour sortir au jour*[36]. Je revois le chorégraphe français accueillir le public en l'invitant à prendre place dans la salle et sur les deux côtés de la scène. Il flatte les spectateurs dans un mélange de français, d'anglais et d'italien en parcourant à grandes enjambées l'espace scénique et en leur offrant une coupe de champagne, ou une cigarette, il leur explique qu'il aura besoin de leur participation active à la représentation. Au début, sa façon de provoquer, de chercher à tout prix les rires et la complicité m'irrite. Le fait qu'il boive et fume de façon arrogante tout en exhibant avec vulgarité un corps massif au ventre pour le moins flasque et prononcé me déplaît.

Jusqu'à l'âge de quarante ans, Dubois était considéré comme l'un des meilleurs danseurs au monde, aimé des chorégraphes tels que Jan Fabre, William Forsythe, Angelin Preljocaj ; puis, peut-être las d'être simplement un interprète, il s'est lancé dans la chorégraphie.

Pour sortir au jour se fonde sur une question : que reste-t-il aujourd'hui, dans ce corps, des dizaines de chorégraphies sur lesquelles Dubois a dansé au cours de sa carrière ? Et que vaut ce corps-archives, mémoire vivante et incarnée de nombreuses œuvres d'art ? Le chorégraphe français nous propose un jeu : tirer au sort le titre d'un spectacle dont il a été l'interprète. Il en exécutera un extrait devant nous. Le premier est un hommage à Fred Astaire. D'un bond brusque, Dubois passe d'une position ordinaire à une présence éblouissante, qui se manifeste dans le regard, dans l'attitude du corps et dans sa façon de se diriger vers l'avant-scène. En un instant, nous sommes tous avec lui. Mais ce n'est que le début. S'ensuit une longue série de pièces qu'il danse avec une incroyable maestria, parfois même avec une authentique virtuosité, malgré son corps empâté et esthétiquement éloigné des canons de grâce et d'harmonie qu'on impose aux danseurs. Il semble possédé, habité par les fantômes de Forsythe et de Nijinski, de Jan Fabre et de Preljocaj, dont il a incorporé les divers langages. C'est impressionnant.

Mais qu'est-ce que Dubois fait aujourd'hui, à cinquante ans, de tout ce savoir corporel accumulé ? Acteurs, danseurs, chanteurs… nous sommes tellement attachés à ce que leur art a représenté dans nos vies que nous aimerions qu'ils ne vieillissent jamais. Il m'arrive de m'émouvoir devant les marques que les années ont déposées sur les visages et les corps des grands artistes que j'ai aimés. Cela équivaut un peu à se regarder dans un miroir, tandis que se pulvérise le souvenir d'une jeunesse lointaine, d'une prestance perdue.

Lorsque j'apprenais à danser, il n'était pas rare que je réussisse en rêve à exécuter certaines figures et positions sur lesquelles je butais dans la réalité : grands écarts faciaux, tours en l'air, un nombre interminable de pirouettes sur les pointes. Ces rêves étaient si vrais que je conservais à mon réveil le plaisir physique du bassin collé au sol, jambes ouvertes à cent quatre-vingts degrés, la sensation apaisante de la suspension en l'air, l'exactitude enivrante du mouvement de la tête qui recommençait après chaque tour à fixer le même point deux, trois, quatre, cinq fois.

Le jour, les yeux des danseurs scrutent avec vigilance le miroir, à la fois allié et ennemi ; ils observent le sursaut du mollet, la flexion du doigt, la douceur du dos. Et ainsi, la nuit, les yeux se ferment en s'abandonnant aux rêves du corps.

Désormais je ne rêve plus de sauts, de tours, de grands écarts. Quand je m'allonge par terre, je ferme les yeux et cherche mon corps dans le noir au moyen de mes sens. J'écoute le craquement de l'articulation, je transmets de la chaleur au muscle, je visualise la vertèbre qui touche le sol et celle qui reste en suspens. J'essaie de remplir d'air cet espace, de respirer dedans, consciente de mes rares et pauvres moyens.

Je vois les autres danser et je sens que je n'en suis plus capable. J'ai connu l'énergie, la puissance, la force d'un corps qui se meut et obéit, mais je ne suis plus en mesure de pratiquer cette forme d'expression. Voilà pourquoi j'admire Olivier Dubois et les artistes de son espèce. Je voudrais avoir moi aussi l'assurance que ce que j'ai vécu, appris, expérimenté, et qui me semble aujourd'hui perdu – neurones, muscles et os abîmés par les médicaments –, survit quelque part.

Dans l'obscurité de la salle, les yeux fixés sur le grand écran, j'aimerais entendre encore, comme il y a de nombreuses années, le thème musical de Deborah[37] et me laisser enfin mener, comme elle, par le rêve enfantin de la danse. Sortir moi aussi de cette arrière-boutique, mes pointes sur l'épaule et le dos droit qu'affichent ceux qui ne se retourneront pas.

Vingt-six

C'est un après-midi sombre de début mars 2020. Ce matin, tu t'es réveillée en toussant et, à l'heure du déjeuner, tu avais un peu de fièvre.

Rester à la maison n'est pas un problème : j'y passe et j'y ai passé – au fil des ans – de longues périodes. L'enfermement de tes premiers mois de vie, la prison napolitaine à Posillipo, tes (nos) séjours à l'hôpital et convalescences interminables, pendant lesquels je ne pouvais ni ne voulais te laisser dans d'autres mains que les miennes : ces souvenirs sont encore cuisants. Se sont ensuivis mes hospitalisations, les opérations, les traitements qui, ces dernières années, m'ont clouée sur le canapé, fatiguée, incapable de faire quoi que ce fût.

La sensation d'un temps suspendu, d'inaction, mais aussi la familiarité de cette vie quotidienne proche d'une mort possible. Tout me rappelle cette éventualité : la souffrance que je ressens régulièrement, la douleur au thorax, les cicatrices que je vois dans le miroir chaque fois que je m'y regarde.

J'allume le téléviseur, je zappe, je me lève pour aller aux toilettes, je m'assieds devant mon ordinateur et me mets à écrire, je me connecte à mon compte Facebook et regarde des posts pendant une demi-heure, je me prépare un thé avec des biscuits, je pense que je devrais faire un peu de gymnastique, je commence à lire un livre, je pourrais en profiter pour ranger la bibliothèque, je mange deux, trois ou quatre bonbons. Puis je me dis que tu ne vas pas tarder à te réveiller et qu'il ne vaut donc pas la peine d'entamer la moindre tâche.

Je prie pour que tu te réveilles sans fièvre, pour que ta toux soit passée, pour que tu sois juste atteinte de la grippe saisonnière et non de ce virus qui met tout le monde à terre.

Le confinement est en vigueur. Les soins intensifs sont saturés, il semblerait qu'on commence à sélectionner les patients auxquels on attribuera de l'oxygène, en se fondant sur leur espérance de vie.

Ces pensées ne me surprennent pas. À l'école, lors des exercices d'évacuation, tu as toujours été la dernière à sortir. D'abord les enfants en bonne santé, dotés de jambes pour gagner les issues. Avec ton fauteuil roulant, tu constituerais un obstacle, raison pour laquelle tu dois patienter jusqu'à ce que tous tes camarades aient quitté la classe. Le protocole exige qu'un adulte – un aide, un surveillant – reste auprès de toi pour te tenir compagnie dans une pièce destinée à cet usage. Mille fois je me suis demandé si ce serait vraiment le cas face à un danger réel.

Aujourd'hui, nous sommes toutes les deux des créatures de série B et, si nous tombions sérieusement malades, il ne vaudrait même pas la peine de nous emmener à l'hôpital. Nous appartenons à une catégorie bien précise : « les fragiles ».

Chiara Bersani[38], metteuse en scène et interprète, atteinte d'ostéogenèse imparfaite, a écrit sur le handicap en temps de coronavirus, soulignant le fait que les handicapés, les vieillards, les malades du cancer ont endossé le rôle des faibles, des cas extrêmes qui confirment la puissance des êtres en bonne santé. Pour Chiara, ce virus pouvait offrir l'occasion de rappeler que nous sommes tous humains et, donc, fragiles. Hélas, il n'en a rien été : « Le soin de sa personne et des autres aurait vraiment occupé le centre du monde pendant quelque temps. Et comme je laisse aller mon imagination, j'aime m'avancer et penser que le capitalisme aurait peut-être tremblé en voyant vaciller ses présumés corps immortels et en bonne santé. Nous aurions tous.tes été fragiles et je jure que nous autres, qui connaissons la fragilité depuis toujours, aurions pris soin de vous. Mais rien de tout cela n'est arrivé… »

En relisant ces mots je repense au jour où je l'ai vue pour la première fois sur scène, dans un spectacle d'Alessandro Sciarroni intitulé *Your Girl*[39]. Je me rappelle deux silhouettes se détachant sur un espace entièrement blanc : un grand et bel homme musclé (Matteo Ramponi) et une jeune femme dans un fauteuil roulant, blonde, aux traits fins et au corps anormal. Je me rappelle mon émotion au moment où a résonné une célèbre chanson de Tiziano Ferro, une sorte de court-circuit émotif entre le texte et la musique pop de *Non me lo so spiegare*[40] et la vision de ces deux jeunes corps nus – lui sculptural, elle minuscule et fragile. Du haut de son mètre quatre-vingts, le garçon tend le bras pour écarter avec une infinie délicatesse les cheveux du visage de la fille. Deux belles créatures, côte à côte, se tiennent par la main.

Ce que j'éprouve pour la danse est une passion qui ne s'épuise jamais. Toutefois mon regard sur les danseurs a changé au fil du temps. Ce sont les corps mêmes qui m'émeuvent, davantage que la technique, l'habileté, la virtuosité ; les individus qui dansent, davantage que la danse. Je suis captivée par les artistes qui, à l'image de Chiara, parviennent à faire retentir leur voix à travers un corps non conforme. Ils apportent la preuve qu'il existe une possibilité pour toutes les personnes qui, du fait de leur forme, de leur identité, de leur appartenance, de leur âge, de leur genre ou de leur provenance, ont des difficultés à se ménager un espace d'expression.

En 2019, lorsqu'il a été récompensé pour sa carrière à la Biennale de la danse, Alessandro Sciarroni a dédié son prix à la mémoire de sa tante Maria Pia, trisomique. « Elle m'a enseigné que le temps se dilate lorsqu'on se consacre longuement à une seule chose, et d'une certaine façon c'est grâce à elle que j'ai appris à perdre la notion du temps en demeurant conscient », a-t-il expliqué.

En effet, dans bon nombre de ses projets, Sciarroni choisit une pratique et l'explore à travers le filtre implacable et transformateur de la répétition.

Répétition. « Osti, osti, osti… » Tu te souviens ? Une litanie toujours associée au mouvement rythmique du corps, comme on nous y avait incités lorsque nous essayions d'apaiser tes hurlements nocturnes, à ta sortie de l'hôpital. Je repense aux danses que nous effectuions dans ton enfance, quand je te prenais dans mes bras et t'emportais dans un tour de valse ou un ballet sur le carrelage, joue contre joue. Au fil du temps, nous avons inauguré les rondes et les chenilles dans ton fauteuil roulant. Ces dernières suscitent toutefois en moi une sensation de frustration en raison de l'encombrement des roues, de ce fer et de ce rembourrage dans lesquels je n'arrive pas à voir d'aubaine – juste un obstacle au contact de nos corps. Alors je cherche une petite danse, des mains ou des bras, je me réfugie dans la répétition solitaire de mouvements rythmiques en m'abandonnant à une proximité que tu puisses percevoir, qui puisse franchir l'écran de ta peau en résonnant en toi avec sa vibration. Et tandis que nous dansons, je devine que le prix décerné au travail d'Alessandro Sciarroni nous concerne de près, parce qu'il s'appuie sur une idée démocratique de la danse. Je nourris une profonde gratitude envers lui, envers Chiara Bersani et de nombreuses autres artistes, car ils ont déchiré le voile en montrant l'immensité et la diversité de la grâce et de la beauté.

31 janvier 2021. Près d'un an après la réflexion de Chiara Bersani sur le récit de la pandémie, Francesco Piccolo évoque dans

La Repubblica le « nouvel imbroglio tordu et artificiel des sentiments que le coronavirus a créé : avoir peur de ses propres enfants plus que de tout autre être humain au monde[41] ». La peur dont il parle est celle de la contagion : si nos enfants tombent malades, ils guériront facilement, mais cela ne sera peut-être pas vrai pour nous autres parents.

La véritable question que la pandémie a soulevée dans toute son évidence, me dis-je en le lisant, n'est autre que notre terreur absolue de la maladie et de la mort. Nous sommes persuadés de jouir, en tant que créatures, du droit irréfutable à une parfaite santé, à un corps/esprit doté d'organes et de fonctions capables d'effectuer des performances au plus haut niveau. Nous vivons dans une société qui a tout simplement refoulé le concept de maladie, où les malades sont toujours « les autres » : les malades du cancer, les handicapés, les êtres différents… Voilà pourquoi, comme Chiara l'écrivait à l'aube de la pandémie, l'une des premières stratégies de survie que les êtres en bonne santé ont mises en œuvre contre le virus a consisté à éloigner les prétendus sujets à risque : « seuls les vieillards meurent », « les individus affectés de pathologies ou de maladies chroniques sont en danger », « il faut conditionner le traitement à l'espérance de vie »… Bref, pour la énième fois, le besoin d'opposer l'identité des forts contre celle des faibles.

Alors j'ai envie de répondre à la provocation de Francesco Piccolo par une autre provocation. J'aimerais lui demander : pourquoi as-tu aussi peur de la maladie et de la mort ? Et si nous essayions d'envisager une fois pour toutes l'idée selon laquelle elles font partie de notre vie même ? Est-ce une question rhétorique ? Peut-être pas, si on l'adresse aux « autres » ? Pour moi, mère malade d'une fille handicapée, et pour mes semblables, le virus n'est qu'une éventualité de plus. Piccolo écrit : « Avant, quand je me sentais frustré, l'étreinte de mes deux enfants me réconfortait. Maintenant ce réconfort est mon tourment : vais-je ou non l'attraper ? »

Je repense à cette sombre journée de mars 2020 : par chance, il ne s'agissait que d'une grippe. Ce jour-là, pas plus qu'aujourd'hui, tu ne pouvais m'étreindre ni m'embrasser. Moi, si. Je sais que cette étreinte a d'abord été, est et sera ton réconfort, avant d'être le mien. Et je n'ai pas peur de te réconforter.

Vingt-sept

Ce matin, je suis allée à ma séance de thérapie, l'esprit léger. Je me suis réveillée à 5 h 30 au terme d'une nuit marquée par les bouffées de chaleur – remonter et écarter la couverture, déboutonner et reboutonner mon pyjama – et par un rêve interminable de voyage, d'iceberg, dans lequel tu quittais ton fauteuil roulant et grimpais sur papa comme dans un dessin animé.

J'ai pris mon petit déjeuner et fait quarante-cinq minutes de gymnastique. Depuis plusieurs semaines, je m'efforce d'étirer, d'allonger, de détendre les os, tendons et muscles que les mois de chimiothérapie ont raccourcis, raidis, tordus. C'est dur, mais de petits résultats sont à présent visibles :

une position hier encore insupportable devient aujourd'hui possible. Quelle merveille que le corps qui recommence à parler, qui respire, sort de son douloureux silence, se met à chanter et vous dit : j'existe, je suis là, je suis ici ! La souffrance ne m'a pas vaincu, elle ne m'a pas emporté, j'ai survécu et je suis prêt à aller de l'avant ! Quelques mouvements simples pour découvrir que mes bras se soulèvent encore malgré la chambre implantable percutanée, qu'elle n'est presque pas douloureuse et que, si elle me gêne un peu, il me suffit de voir en elle la porte d'entrée du traitement, une porte cachée, une sorte de passage souterrain, secret, mais toujours ouvert, prêt à accueillir. Et une porte ouverte ne peut pas vous blesser, n'est-ce pas ?

Je sens que mon corps me répond, je lui dis : suis-moi, je t'en prie, je serai gentille avec toi, je ne serai pas trop exigeante, mais toi, ne m'abandonne pas. Je lui parle, comme à l'être vivant qu'il est. Merci, mon corps, je t'aime, mais aime-moi toi aussi.

Je suis sortie et me suis dirigée vers l'hôpital avec les meilleures intentions du monde.

Je me suis pliée sans anxiété à l'entretien avec l'interne de service. Il m'a suffi d'un regard à ses doigts – ongles trop longs – qui tapaient nerveusement sur les touches de l'ordinateur pour comprendre qu'il faisait ses premières armes, qu'il était plus nerveux que moi, et qu'il ne servirait à rien de lui dire comment je me portais exactement. À la question obligée : « Comment allez-vous, madame ? », j'ai répondu par un expéditif : « Assez bien. » Il m'a semblé percevoir du soulagement dans son silence. De toute façon, un bilan avec le professeur est prévu dans un bref délai, et il aurait poliment répliqué à mes affirmations et mes questions par l'indication suivante : « Vous lui en parlerez à la prochaine consultation. »

Tout s'est bien passé, jusqu'à ce que je m'asseye dans un des fauteuils réservés à la thérapie. L'infirmière a désinfecté la chambre implantable percutanée avec un morceau de coton imbibé, et c'est alors, à cet instant précis, que le coup est arrivé. Avec l'odeur âcre du désinfectant qui m'a imprégné les narines et, aussitôt après, la douleur de l'aiguille perforant la chambre.

De nouveau, l'image de ma personne vue d'en haut, comme dans un film. Comme si une caméra de surveillance filmait la scène, une scène trop douloureuse pour la vivre du dedans. Mieux vaut se détacher du corps et l'observer de l'extérieur. Que vois-je ? Mon quotidien. Non pas un état transitoire, un événement provisoire, une urgence. Car ce n'est pas l'exception, mais la normalité de la maladie qui vous dévaste. Pas l'urgence de l'opération chirurgicale, pas la thérapie de choc, lorsque, sentant jaillir l'adrénaline de la montagne à gravir, vous suspendez votre jugement et rassemblez vos forces, votre courage, votre détermination. Vous savez que vous ne pouvez pas vous payer le luxe de vous immobiliser pour vous regarder : sinon vous tomberez. Alors, vous avancez tête baissée. Quand, en revanche, vous avez atteint le sommet et entamez votre marche sur le plat, sur un chemin accidenté – oui, il y a des rochers, des aspérités sur le terrain, mais au moins l'ascension est terminée –, voilà, il peut vous arriver de lever les yeux et d'observer le paysage environnant. Le temps d'un instant, et vous êtes fichue. C'est ce qui s'est passé ce matin.

Assise dans mon fauteuil, alors que le traitement débutait, j'ai levé les yeux vers la perche à perfusion à laquelle les poches transparentes des médicaments étaient suspendues. « D'Adamo Ada. Date de naissance ? Pertuzumab 420 mg en une demi-heure », a martelé la jeune infirmière en lâchant le clamp fixé au tube. Puis elle a poursuivi sa conversation avec ses collègues : le camp de scouts de son fils, l'achat des vêtements, le sac à dos à préparer. Sans s'annoncer, mes larmes se sont mises à couler. Lentes, silencieuses, discrètes. J'ai chaussé mes lunettes de soleil, accepté sans un mot le chocolat que l'une de ces femmes m'a offert. Dans ce genre de circonstances, les mots sont inutiles. Les yeux, un signe imperceptible d'entente, suffisent. C'est la routine, la normalité banale de la maladie.

8 mars 2022

C'est la journée des droits de la femme.
Un camarade de classe – tu es en quatrième – vient te chercher dans la petite salle de soutien avec un bouquet de fleurs, mais tu t'es absentée aujourd'hui pour te rendre à une consultation à l'hôpital.
Ton éducatrice spécialisée le prend en photo et lui demande d'enregistrer un message audio, qu'elle nous envoie ensuite sur WhatsApp :

Salut Daria, c'est Matteo, je suis venu t'apporter des marguerites. Elles symbolisent le sourire dans le langage des fleurs et elles me font penser à toi.

Vingt-huit

Pendant de nombreuses années, quand papa arrivait le vendredi soir, il posait la tête sur un oreiller tout propre avec le plaisir, peut-être, que j'éprouvais le lundi soir au contact des draps tout juste étendus sur le lit. Je mesurais dans cet écart de temps entre son oreiller frais et le mien, désormais froissé par l'usage, la distance de nos existences. Papa dormait toute la semaine sur un canapé, tirant une couverture de l'armoire chaque soir et la repliant au matin. Moi, j'occupais le grand lit, jouissant d'un bon matelas neuf et de beaucoup d'espace. Et pourtant, je n'ai jamais osé m'aventurer hors de la moitié qui me revenait, de peur de toucher du doigt son absence. Pas une seule fois, au cours de ces années, l'idée de m'allonger sur le ventre – une grande étoile de mer – ou de m'envelopper dans la couette en la tirant entièrement de mon côté ne m'a traversé l'esprit. Encore moins celle de déplacer mon oreiller. Je restais là, tournée sur le côté droit, vers le vide, comme au bord d'un précipice. Et chaque matin je refaisais ma moitié de lit en veillant à lisser les plis de façon à unifier les deux côtés.

En fin de semaine, nous partagions un espace qui portait les marques de notre non-cohabitation, et je me découvrais de plus en plus incapable de franchir les quelques centimètres qui me séparaient de son oreiller.

La dérobade de papa, à la nouvelle de ma grossesse, avait été suivie par des mois de solitude et de tourment. Il avait réapparu au moment où je m'apprêtais à effectuer l'amniocentèse, et nous avions commencé timidement à renouer les fils de notre relation. Nous ignorions comment les choses se passeraient, mais ce retour était un message clair : d'une façon ou d'une autre, il serait présent dans ta vie et dans la mienne, même si je n'osais pas prononcer le mot « avenir », ni tracer les frontières d'un espace et d'un temps partagés.

Quand tu es née – telle que tu es – il a été le premier, avant moi, à t'accueillir avec un amour inconditionné, toi qui étais minuscule, dans ses grandes mains rocheuses. Il t'a prise dans ses bras et s'est brusquement changé en « papa ».

J'ignore si seize années d'éloignement physique constituent, pour un couple, un fossé impossible à combler. J'ignore même si cela a du sens de se poser cette question aujourd'hui. Je sais que notre vie s'est déroulée de la sorte, que nous avons écrit notre histoire dans l'éloignement et dans la distance et que les blancs ont pesé autant que les pages écrites. Il y a eu les pleins du désir et de la passion et les vides de besoins jamais satisfaits, les lignes denses des rêves et des projets, et les vastes marges de solitudes répétées, les bords candides de jours tous identiques que les dimanches n'ont jamais réussi à colorer.

Puis, alors que l'encre pâlissait, que mots, actes et espoirs semblaient désormais vains, le virus est venu écrire une nouvelle page de notre histoire. Un décret du président du Conseil nous a obligés à serrer les rangs et nous avons commencé à cohabiter après des années de solitude. Cette vie commune si longtemps désirée risquait de se révéler un désastre. Nous courions le danger de nous perdre définitivement, mais nous nous sommes retrouvés. Ou enfin trouvés.

Ce n'était pas la première fois que papa et moi partagions des moments difficiles. En réalité, nous serrons les rangs depuis que tu es née. Je sais, la métaphore de guerre est abusive, sans doute inopportune, mais elle s'échappe de mes lèvres encore une fois, car je ne peux définir autrement notre parcours dans cette existence : une campagne de guerre, une de ces campagnes qui, dans les livres d'Histoire, durent de longues années, où l'on avance et recule, passe des tranchées à l'arrière, se replie dans la garnison pour se réarmer jusqu'aux dents, tombe et se relève, affronte des ennemis redoutables, se réjouit d'une victoire dans une escarmouche, élabore de nouvelles stratégies à la table où sont assises les grandes puissances, perd des unités, engage des renforts. Il nous a toujours fallu nous battre pour quelque chose. Au début, pour construire un lien tardif qui, tout en nous unissant, tranchait définitivement des fils déjà usés, puis pour affronter toutes sortes d'adversités. Ta naissance a mis fin à notre duo : désormais nous t'avions, toi, nous devions nous battre pour toi, avec toi et, parfois aussi, contre toi. Peu à peu, papa et moi nous sommes dissous en toi, fondus en un seul corps de combattants armés. Comme mon prénom qui contient les initiales des trois nôtres. Et tu es au centre, la consonne qui unit les deux voyelles et crée le nom, l'identité.

Nous n'avons jamais connu de temps de paix. Chaque fois, nous avons réagi en nous disant : « Nous ferons encore face », « Nous nous en sortirons ». Et, régulièrement, nous avons abandonné sur les canapés les silhouettes de nos solitudes pour nous enfermer dans l'armure d'une étreinte qui nous rendrait invincibles.

Vingt-neuf

Ton grand-père a été le centre de nos vies. Mamie a tourné en orbite autour de lui pendant près de soixante ans, ainsi que la Terre tourne autour du Soleil. Ta tante et moi, deux planètes profondément différentes, complétions ce petit système solaire, gouverné par des lois rigoureuses de dépendance réciproque. Papi nous a réchauffées au moyen de sa chaleur, impossible de ne pas être attirées par lui. Nous avons sans cesse tenté d'explorer les distances, hésitant éternellement entre le danger de trop nous approcher, d'étouffer, de nous brûler, et le risque de nous éloigner en nous écartant de l'orbite attribuée.

« Tout se disloque, le centre ne peut tenir », a écrit William Butler Yeats[42] dans un célèbre vers. Quand papi est mort, tout le système s'est disloqué. Quelques jours plus tard, une épidémie mondiale que nous n'aurions jamais imaginé devoir vivre a marqué la fin d'un monde. Rien ne serait plus comme avant.

Au début, nous étions abasourdies, comme au bord d'un cratère que la chute d'un astre venait de creuser à nos pieds. La pandémie a figé cette image de nous, pétrifiées, les yeux écarquillés sur le vide. Le temps des souvenirs, des récriminations, de la mélancolie et des regrets a commencé. Des mois de pensées et d'émotions triturées dans la solitude forcée de la distanciation.

Puis le monde s'est de nouveau ébranlé et nous avons eu du mal à ranimer notre petit système. Tout était différent : les distances, les poids et les vitesses, la mesure des relations réciproques. Dans ce nouveau dessin, certains éléments ont changé de place, acquérant pour moi une centralité dont je n'avais pas conscience auparavant.

Cela a pris du temps, mais, au terme d'un long parcours, j'ai fini par voir clairement les liens qui m'avaient ficelée pendant plus de trente ans à ma famille d'origine. Malgré mes tentatives de desserrer les nœuds, ces attaches demeuraient si étroites qu'elles m'interdisaient de reconnaître pleinement la famille que j'avais moi-même fondée entre-temps. Je continuais de me tourner vers l'arrière, vers le passé, vers ce que j'avais laissé derrière moi ; j'alimentais les sentiments de culpabilité qu'avaient entraînés mon départ et mon désir d'avoir une vie qui, par le seul fait d'être différente, semblait accuser celle de mes parents. Ainsi, j'avais fini par dévaloriser ce que j'avais construit au fil des ans, en marge, comme si cela ne méritait pas assez de considération, par dévaloriser les liens d'amour, d'affection, d'amitié qui s'étaient consolidés au fil du temps, me nourrissant et faisant de moi celle que je suis aujourd'hui.

Cette prise de conscience tardive m'a libérée, comme si j'ôtais un énorme fardeau de mes épaules, que je me relevais et m'envolais. Enfin certaine de ne pas être seule, mais avec papa et toi, avec ma famille d'élection, mon essaim…

Volano gli uccelli volano
nello spazio tra le nuvole
con le regole assegnate
a questa parte di universo
al nostro sistema solare

Les oiseaux volent, volent,
dans l'espace entre les nuées
selon les règles assignées
à cette partie d'univers,
à notre système solaire[43]...

L'arrivée de la pandémie et le diagnostic qui a marqué l'aggravation de ma maladie se sont chargés du reste, m'indiquant la mesure des étreintes niées, des éloignements et des proximités, des jours et des heures passés, de ce qui reste, du sens de la fin[44]. J'ai compris que je mettais au jour des morceaux brisés il y a longtemps, mais j'ai également deviné que j'avais commencé il y a un certain temps à les réparer.

Mon mariage a été une fête, un oui à la vie, cette promesse qu'il n'avait pas été besoin de prononcer dix-huit années plus tôt et qui affirmait maintenant sa présence depuis toujours. Qui révélait un dessein, une vocation, un appel.

Au cours des mois suivants, d'autres morceaux ont été réparés. Deux ans et demi après la mort de papi, les mots sont revenus d'un coup. Un fleuve de mots. Et le jour où la parole a fleuri sur mon don silencieux, j'ai compris la chose suivante : si l'astre le plus lumineux de ce vieux système solaire s'était éteint, tatie, mamie et moi, mais aussi tes cousines et toi, pouvions continuer de briller, chacune d'une lumière qui éclairerait un nouveau système.

Dans l'album du mariage, tu figures sur une photo, très belle, vêtue de ton chemisier à petits boutons de fleurs roses et une grande fleur dans les cheveux, du même fuchsia que ma robe. Ton visage en état de grâce, tes lèvres violettes étirées en un sourire, ton air rêveur, presque extatique, renferment dans une seule image les émotions de cet après-midi de septembre, un infime moment de suspension au milieu des difficultés, enfin la lueur de la joie incarnée dans le pur présent, un instant qu'on ne peut pas décrire, mais peut-être chanter, comme l'a suggéré Silvia (chère amie, artiste adorée) à la fin de la cérémonie :

Voilà, ce n'est pas simple, il faudrait peut-être un chant
pour accompagner ces moments si heureux et si intenses
qui soudent en une promesse
présent, passé, futur
qui constituent une invention du temps.
L'horizon qui semblait derrière nous s'ouvre, lumineux,
le déjà-vécu coïncide avec ce qu'Ada et Alfredo choisissent aujourd'hui pour demain,
le sens adopté et de nouveau choisi pour cette vie.
C'est évident, Ada est une lumière
en témoignent sa réponse à l'existence
sa grâce dans l'appel quotidien de la vie.
Daria et Alfredo forment son corps,
son lever, son poser,
sa famille,
sa joie, son calme.

Ensemble, ils tournent le regard vers l'invisible.

Promettre est un feu atemporel qui ne craint pas la nuit

une naissance éternelle.

Meilleurs vœux.

Silvia, comme toujours, sait trouver les mots : je me suis promise à vous, qui êtes mon corps. La nuit ne me fait pas peur.

Trente

Cette nuit, j'ai rêvé que tu mourais. J'étais loin, je téléphonais à la maison et ta nounou m'annonçait que tu étais morte. Je refusais de le croire et donc d'accourir, je bavardais avec mamie dans la voiture, allais dans sa chambre sombre chercher deux bâtonnets semblables à ceux dont je me sers pour te nettoyer compulsivement les oreilles, mais beaucoup plus longs et surmontés d'un filament. Puis j'entrais dans la salle de bains, où papi me rejoignait un peu plus tard. Un papi jeune et mince, en débardeur et caleçon blancs, tel que je l'ai vu si souvent dans mon enfance en éprouvant chaque fois un peu de gêne. Le temps paraissait suspendu : je devinais qu'un terrible événement s'était produit, mais j'hésitais à en demander la confirmation. Ensuite, toujours dans mon rêve, je rappelais la nounou, qui répétait la nouvelle de ta mort.

Je me suis alors souvenue de l'époque où – tu étais encore à l'hôpital et j'en étais déjà sortie – je plongeais dans l'oubli de la sieste afin de me soustraire au temps de la réalité. Pendant quelques instants, j'avais l'impression que tout n'était qu'un mauvais rêve : ta naissance, le diagnostic… Je me réveillais, terrifiée par l'idée que tout était fini pour moi, alors que tout devait encore commencer.

Je me suis souvenue du temps où je m'évanouissais et rêvais. À un moment donné, un fragment du monde réel – une gifle, une voix, une éclaboussure d'eau – s'introduisait dans mon rêve, me soustrayant à cette bulle hors de l'espace et du temps où j'aurais aimé demeurer.

Je me suis souvenue de mes réveils après une opération chirurgicale. Une voix prononçait mon prénom, me ramenant à l'intérieur d'un corps avec lequel j'aurais préféré ne pas reprendre contact.

Où tracer la frontière entre la vie et la mort ? James Hillman, à la fin de sa vie mais « les yeux ouverts, en pleine possession de sa pensée, de sa sensibilité, de sa vision[45] », tente de donner une réponse en dialoguant avec Silvia Ronchey. « Est-ce dans la parole ? Dans le souffle ? Où donc ? Dans le rêve ? Telle est la question[46]. »

Mourir… dormir,
c'est tout.

Incorporation

> « Attention à ce que tu mets dans ton corps, car ce que tu y mets jamais n'en ressortira. »
>
> Steve PAXTON[47]

« Heureusement que papa et moi avons mangé ce bout de pizza aux courgettes ! » Voilà à quoi je pensais, allongée pour ma séance de radiothérapie. J'avais patienté près d'une heure et je n'en pouvais plus. Il ne me restait plus que deux séances, mais au lieu d'éprouver du soulagement à l'idée que j'en aurais bientôt terminé, je sentais, à cause de l'attente, grandir en moi toute la souffrance accumulée au cours du dernier mois. J'en étais à ma troisième radiothérapie : d'abord à la vertèbre, puis au sein et maintenant au foie.

Je songeais aux heures passées dans la salle d'attente, au temps nécessaire pour gagner le centre, aux amies qui avaient conduit en l'absence de papa. Des occasions rares, sporadiques, parce qu'il était toujours là, y compris quand il avait un empêchement. Quel fardeau sur ses épaules larges, lisses, constellées de grains de beauté ! Des épaules fortes, agréables à caresser, dont j'étais tombée amoureuse. « Couvre-moi », lui disais-je au début de notre relation, car j'avais toujours froid. Il se plaçait derrière moi et me ceignait les épaules. Je sentais que ce geste me protégerait de la tempête.

Donc, allongée là, je repensais à ce morceau de pizza acheté dans une boulangerie après que nous avions laissé la voiture à la station de lavage des deux frères (oui, oui, c'est vraiment son nom « Station de lavage auto des deux frères »).

Une demi-heure, un temps mort soustrait à ma feuille de route quotidienne où la séance de radiothérapie, tracée en lettres nettes au beau milieu de mon agenda Moleskine, trônait à midi. La pizza était délicieuse et nous avions savouré pleinement le goût de cette brève marche : flâner devant un bar, nous arrêter et écouter les joyeux cris des lycéens à l'heure de la récréation, sourire à la vue d'un monsieur excentrique, tout de rose vêtu.

J'y repensais en regardant le panneau fixé au plafond de la salle et la machine qui pivotait autour de mon thorax nu. Il fait toujours froid dans ce genre d'endroit. Tout y est glacial : l'air et les mains des techniciens qui vous tournent le buste, vous abaissent une épaule, vous repoussent la hanche pour mieux centrer la cible. Je me tiens immobile, les bras croisés sur le front, le souffle régulier, sans cesser d'observer ce panneau, qui représente un fond marin peuplé de poissons bariolés. Sans doute l'a-t-on placé là afin de créer une atmosphère relaxante. Moi, il ne me détend pas. Est-ce l'absence de profondeur qui caractérise cette image, ou la terreur que j'éprouve depuis toujours à l'idée de mettre la tête sous l'eau ? Ou encore le peu de sympathie que m'inspirent ces poissons aux rayures bleues et jaunes ? Mieux vaut fermer les yeux et se concentrer sur le souvenir de la pizza. La prochaine fois que papa ira chez les deux frères, je lui proposerai de l'accompagner plutôt que de lever les yeux au ciel et de railler sa manie de laver sa voiture.

Nous sommes en novembre, ce sera bientôt ton anniversaire. Seize ans ! SEIZE !!! Les médecins nous avaient dit qu'ils ignoraient combien de temps tu survivrais et chacun de tes anniversaires a été, pour nous, un mystère de la vie qui criait : « Me voici, je suis encore là ! »

Nous sommes en novembre, un an s'est écoulé depuis le jour où mes cheveux sont tombés et où les tiens se sont couverts de poux. Une période compliquée. J'ai l'impression de me débattre, alors que tout en moi s'effrite. Un matin – il y a environ quinze jours –, j'ai allumé mon ordinateur et constaté que je voyais mal. Les dossiers sur l'écran, les courriels étaient estompés, les caractères incroyablement petits. Au cours des heures suivantes, je me suis aperçue que je n'arrivais pas à lire les titres des journaux télévisés, que je ne distinguais pas les panneaux de signalisation. Il pleuvait, tandis que nous revenions de la consultation chez l'oculiste avec le dossier du compte rendu signalant une aggravation subite de ma myopie, de deux dioptries à chaque œil. Les phares des voitures venaient vers moi en ondoyant derrière les vitres, étoiles liquides à quatre pointes qui recouvraient leur rondeur au fur et à mesure que la distance se raccourcissait.

Que se passe-t-il dans ma tête ? J'ai du mal à écrire et à parler, j'envoie à plusieurs reprises des messages aux mauvais destinataires, je perds l'équilibre dans la rue, je confonds les mots. Les médecins programment des contrôles neurologiques, l'IRM cérébrale exclut une métastase au cerveau, et pourtant les symptômes persistent, s'intensifient.

Je suis là, allongée sur mon lit, et je t'écris pendant que la pluie tombe, comme le jour de ta naissance, en ce mois de novembre d'il y a seize ans.

La détérioration de ma vue, de ma mobilité, la ponction lombaire qui m'oblige à rester couchée pendant plusieurs jours (encéphalopathie paranéoplasique ?). Ton aide à domicile devient aussi la mienne. Le dimanche, papa doit nous lever toutes les deux.

Ainsi, je continue encore et encore à m'identifier à toi. Mon corps expérimente, certes en faible mesure, les limites du tien. Auparavant, je les connaissais, je les sentais et les touchais à travers toi, puis j'ai commencé à les incorporer.

Incorporation : un concept central dans les études sur la danse. Il questionne la notion du corps comme lieu de mémoire, la transmission et l'apprentissage, le passage d'informations, de pratiques et de techniques d'un corps à l'autre, donc la capacité du corps à créer de la connaissance. J'ignore si et comment ce processus s'accomplira. Cécité ? Immobilité ?

Très tôt après notre rencontre, ton papa et moi avons inventé un acronyme à partir de mon prénom, A(d')A : « Ada d'Alfredo ». Mais aussi « Alfredo d'Ada ». Après ta naissance, ce « d' » qui signifiait notre possession réciproque (je suis à toi, tu es à moi) est devenu D, l'initiale de ton prénom. Moi, lui, et toi au milieu, au centre exact de notre amour. Un amour d'*aria*, d'air. Mon prénom réside aussi dans mon nom de famille. Dits l'un après l'autre, ils constituent un exercice pour délier la langue dont je me suis plainte plus d'une fois : il faut les prononcer lentement pour éviter de déraper sur ces syllabes répétées qui se heurtent et s'enroulent sur le palais. C'est ainsi que débute ce jeu de mots, vois si ça te plaît :

d'adamo
d'ada~~mo~~
d'a(d')a
d'a(ri)a
d'aria
d'a(i)r

Finirai-je par me fondre en toi ? Je suis Ada. Je serai D'*aria*, D'air…

Rome, septembre 2022

« Comment aimer en sachant que la séparation nous attend ?

Comment être pleinement et savoir disparaître ? Je l'ignore.

Ce sont les lois de la vie, ses mystérieuses choré-graphies,

danses pour non-voyants, un souffle léger nous effleure le visage et les mains, nous avons beau ne pas voir, nous savons : la danse continue. »

Chandra CANDIANI,
Questo immenso non sapere

NOTES

Gravité

« La naissance ne constitue pas tant un commencement qu'un changement abrupt, un bouleversement des conditions jusque-là offertes dans l'utérus, et il y a la gravité. » Steve Paxton, *La Gravité*, traduction de Denise Luccioni, éditions Contredanse, 2018. (NdT)

Prologue

Rita Charon, *Médecine narrative. Rendre hommage aux histoires de maladies*, traduction d'Anne Fourreau, Sipayat, 2015. (NdT)

3.

Amer à base de plantes et d'artichaut qui se boit en apéritif et en digestif. (NdT)

4.

Sigle de *Azienda Sanitaria Locale*, l'ensemble des organismes locaux du système sanitaire italien. (NdT)

5.

Pietro Trapassi, dit Metastasio ou Métastase en français (1698-1782), composa des poèmes, ainsi que des livrets d'opéras, d'oratorios et de cantates. (NdT)

6.

« Je suis encore loin du lieu d'où je partis. » Je dois cette phrase, tirée d'une lettre de Pietro Metastasio, à Emanuele Trevi, qui la cite dans *Songes et fables. Un apprentissage*, traduction de Marguerite Pozzoli, Actes Sud, 2020.

7.

Susan Sontag parle de la maladie comme une entrée dans le « côté nocturne de la vie » dans *La Maladie comme métaphore*, traduction de Marie-France de Paloméra et Brice Matthieussent, Christian Bourgois, 2021.

8.

L'Été romain (*Estate romana*) est un événement culturel organisé chaque année de juin à septembre dans de nombreux quartiers de Rome. (NdT)

9.

Je remercie Francesca Pieri qui, dans son livre *Bianca* (DeA Planeta, Milan, 2019), a décrit une partie de notre histoire d'amies et de mères, me donnant l'élan nécessaire pour raconter le reste.

10.

Corrado Augias, célèbre journaliste et auteur italien, a tenu de 2001 à 2021 le courrier des lecteurs de *La Repubblica.* (NdT)

11.

« *Adoro mia figlia ma avrei scelto l'aborto* » (« J'adore ma fille mais j'aurais choisi l'avortement »), lettre à Corrado Augias, in *La Repubblica*, 12 février 2008.

12.

La loi 194, du 22 mai 1978, a autorisé les Italiennes à recourir à l'avortement et en a fixé les modalités. (NdT)

13.

Valeria Parrella, *Le Temps suspendu*, traduction de Dominique Vittoz, Le Seuil, 2010. (NdT)

14.

Femme politique de gauche, plusieurs fois ministre (dans les gouvernements Prodi et Letta). (NdT)

15.

Cette encyclopédie pour enfants, version italienne de l'américaine *Childcraft*, se composait de quinze volumes, d'où son nom (« Quinze »). (NdT)

16.

Après sa première représentation, à Paris, le 29 mai 1913, *Le Sacre du printemps* fut rebaptisé par la presse *Massacre du printemps*. La chercheuse Millicent Hodson a reconstitué la chorégraphie de Nijinski dans le volume *Nijinsky's Crime Against Grace*, Pendragon Press, New York, 1996.

17.

« Danse aveugle ». *Danza cieca*, chorégraphie de Virgilio Sieni, avec Virgilio Sieni et Giuseppe Comuniello, Compagnie Virgilio Sieni, 2019. Un extrait du spectacle est disponible sur virgiliosieni.it.

18.

« Atlas du blanc ». *Atlante del bianco*, chorégraphie de Virgilio Sieni, avec Giuseppe Comuniello,

Compagnie Damasco Corner, 2010. Des extraits du spectacle sont disponibles sur YouTube.

19.

Les sites internet consacrés à l'HPE cités dans ce chapitre sont les suivants :

Families for HoPE : familiesforhope.org ;

The Carter Centers for Brain Research in Holoprosencephaly and Related Malformations : hperesearch.org. Il est possible, sur le site, de consulter la video *Living with Hope : Understanding Holoprosencephaly ;*

Groupe Facebook Hpe Oloprosencefalia.

20.

Annie Ernaux, *L'Événement*, Gallimard, 2000. (NdT)

21.

John Donne, *Méditations en temps de crise*, traduction de Franck Lemonde, Rivages, 2001. (NdT)

22.

Sandro Veronesi, *Chaos calme*, traduction de Dominique Vittoz, Grasset, 2008. Dont est également tiré le film homonyme d'Antonello Grimaldi, interprété par Nanni Moretti.

23.

Grande poétesse de la seconde moitié du XXe siècle, traductrice de Molière et de Shakespeare (1947-2022). (NdT)

24.

Silvia Ronchey, « Intervista a Patrizia Cavalli », in *La Repubblica*, 27 avril 2019.

25.

La chanson *Oggi sono io* a été écrite et interprétée par Alex Britti en 1999.

26.

Le paradoxe de Franz Kafka est cité par Vittorio Lingiardi in *Diagnosi e destino*.

27.

Journaliste et éditeur italien (1951-2017), il a joué dans le film *La grande bellezza* de Paolo Sorrentino (2013). Severino Cesari, *Con molta cura*, Rizzoli, Milan, 2017. (NdT)

28.

La Boum est un film de Claude Pinoteau avec Sophie Marceau (1980).

29.

Mes chers amis, film de Mario Monicelli (1975), a été suivi de *Mes chers amis 2* (1982) et de *Mes chers amis 3* (réalisé par Nanni Loy en 1985). Cette saga relate les farces de cinq amis quinquagénaires, originaires de Florence, aux dépens de pauvres malheureux.

30.

La chanson *Meraviglioso* fut écrite en 1968 par Riccardo Pazzaglia et interprétée par Domenico Modugno. Elle a connu un regain de popularité en 2008 dans la version du groupe Negramaro.

31.

Joan Didion, *L'Année de la pensée magique*, traduction de Pierre Demarty, Grasset, 2007. (NdT)

32.

« La ligne verticale ». *La linea verticale*, série télévisée tirée du livre du même nom de Mattia Torre (Baldini + Castoldi, 2017). Disponible sur RaiPlay, elle s'inspire de la maladie et de l'hospitalisation vécues par l'auteur, décédé en 2019.

33.

« Allez, on s'ressaisit » est l'exhortation que Lorenzo Cesari a répétée à son père Severino pendant ses périodes de traitement. Voir le livre déjà cité, *Con molta cura.*

34.

Hanya Yanagihara, *Une vie comme les autres*, traduction d'Emmanuelle Ertel, Buchet/Chastel, 2018. (NdT)

35.

Emmanuel Carrère, *D'autres vies que la mienne*, P.O.L, 2009. (NdT)

36.

Pour sortir au jour est un spectacle conçu, produit et interprété par Olivier Dubois en 2018. Un extrait est disponible sur olivierdubois.org.

37.

Deborah est l'héroïne d'*Il était une fois en Amérique* (1984) de Sergio Leone, musique d'Ennio Morricone.

38.

Chiara Bersani, « *Il coronavirus e la narrazione tossica della disabilità* », 2 mars 2020, disponible en ligne sur pasionaria.it

39.

Your Girl, invention d'Alessandro Sciarroni avec Chiara Bersani et Matteo Ramponi, production Corpo Celeste, 2007. Un extrait est disponible en ligne sur alessandrosciarroni.it.

40.

« Je n'arrive pas à me l'expliquer », tube de ce chanteur, compositeur et auteur très populaire en Italie (2004). (NdT)

41.

Francesco Piccolo, « *Maledetto virus, mi hai insegnato ad avere paura dei miei figli* », in *La Repubblica*, 31 janvier 2021.

42.

Le vers de William Butler Yeats est tiré du poème « Le second commencement » (*The Second Coming*), in *Quarante-cinq poèmes, suivis de La Résurrection*, traduction d'Yves Bonnefoy, Hermann, 1989. (NdT)

43.

Chanson de Franco Battiato et Giusto Pio, *Gli uccelli*, 1981. (NdT)

44.

« Le sens de la fin » est la traduction du titre original d'*Une fille, qui danse* (*The Sens of an Ending*), de Julian Barnes, traduction de Jean-Pierre Aoustin, Mercure de France, 2013.

45.

James Hillman, Silvia Ronchey, *L'ultima immagine*, Rizzoli, Milan, 2021.

46.

William Shakespeare, *Hamlet*, III, 1, traduction d'André Gide, Gallimard, « Bibliothèque de la Pléiade », 1959. (NdT)

Incorporation

La citation de Steve Paxton figure dans l'introduction de Patricia Kuypers au numéro monographique de *Nouvelles de danse* intitulé *Incorporer*, 2001.

TABLE

Gravité 11
Prologue 13

Un 15
Deux 20
23 avril 2012 29
Trois 30
Quatre 39
Cinq 47
Six 53
26 novembre 2012 61
Sept 63
Huit 67
Neuf 73
Dix 77
26 avril 2013 86
Onze 87

Douze 91
Treize 98
Quatorze 105
Décembre 2013 110
Quinze 111
Seize 117
Dix-sept 121
27 novembre 2016 125
Dix-huit 126
Dix-neuf 132
Vingt et un 142
29 novembre 2016 155
Vingt-deux 156
Vingt-trois 164
Vingt-quatre 172
27 novembre 2019 176
Vingt-cinq 177
Vingt-six 184
Vingt-sept 194
8 mars 2022 199
Vingt-huit 200
Vingt-neuf 205
Trente 212

Incorporation 215

Notes 225

Cet ouvrage a été imprimé en février 2025
par CPI Brodard & Taupin à La Flèche
pour le compte des éditions Grasset
61, rue des Saints-Pères, 75006 Paris
info@grasset.fr

Mise en pages
PCA, 44400 Rezé

PAPIER À BASE DE FIBRES CERTIFIÉES

Grasset s'engage pour l'environnement en réduisant l'empreinte carbone de ses livres.
Celle de cet exemplaire est de :
400 g éq. CO_2
Rendez-vous sur www.grasset-durable.fr

N° d'édition : 23504 – N° d'impression : 3060640
Dépôt légal : mars 2025
Imprimé en France